梦溪笔谈

[宋] 沈括·著

蒋筱波·编译

插图精译

陕西新华出版 三秦出版社

图书在版编目（CIP）数据

梦溪笔谈 /（宋）沈括著 ; 蒋筱波编译. -- 2版
西安 : 三秦出版社, 2008.04（2024.1重印）
（国学百部文库）
ISBN 978-7-80628-245-8

Ⅰ. ①梦… Ⅱ. ①沈… ②蒋… Ⅲ. ①笔记－中国－北宋②梦溪笔谈－译文 Ⅳ. ①Z429.441

中国版本图书馆CIP数据核字（2008）第036261号

书　　名　梦溪笔谈
作　　者　[宋] 沈括 著　蒋筱波 编译
责　　编　周世闻
封面设计　新华智品

出版发行　三秦出版社
社　　址　西安市雁塔区曲江新区登高路1388号
电　　话　（029）81205236
邮政编码　710061
印　　刷　北京一鑫印务有限责任公司
开　　本　680×1020　1/16
印　　张　9
字　　数　81千字
版　　次　2008年4月第2版
印　　次　2024年1月第2次印刷
标准书号　ISBN 978-7-80628-245-8

定　　价　39.80元
网　　址　http://www.sqcbs.cn

前　言

《梦溪笔谈》是北宋时期沈括撰写的一部笔记著作。沈括(1031-1095)，宋钱塘人，字存中。嘉祐间擢进士，累官翰林学士、三司史。博学能文，通天文、历算、方志、音乐等。制天文仪器，造新历，为后世所采用。沈括一生著述四十种以上，现存最负盛名的著述是《梦溪笔谈》、《补笔谈》、《续笔谈》、《梦溪忘怀录》、《良方》等，其中《梦溪笔谈》、《补笔谈》、《续笔谈》，以笔记的体裁，记录、稽考、订正了大量的当时和前代的典章制度、掌故轶事、文物考古、物产民俗等资料，这一切都成了后来文史研究的可信依据，更为人瞩目的是其中还记载了众多惊人的科学技术知识和创见。

《梦溪笔谈》是沈括晚年的见解和见闻的笔录。现存《梦溪笔谈》26卷，分故事、辩证、乐律、象数、人事、官政、权智、艺文、书画、技艺、器用、神奇、异事、谬误、讥谑、杂志、药议等17个门类，共609条。内容涉及天文学、数学、地理、地质、物理、生物、医学和药学、军事、文学、史学、考古及音乐等学科。总结了沈括多年来对科学技术、历史、考古、文学艺术等方面的研究成果，科学地记录了许多当时中国劳动人民在工业、工程上的杰出发明，如布衣毕昇创造的活字印刷技术、有关中世纪指南针的装置方法、喻皓的建筑技术、陕北鄜延境内的石油等，保存了很多非常有价值的历史资料，是中国科学史的重要著作。

《梦溪笔谈》全面总结了宋朝以前我国科学技术的诸多成就，其中所记述的许多科学成就均达到了当时世界的最高水平。在数学上，他发明了“隙积术”和“会圆术”,“隙积术”比国外计算高阶等差级数的公式早五百多年,“会圆术”为我国球面三角学的发展奠定了基础。天文方面，指出极星不在天极；得出冬至日长、夏至日短等结论；并且对天文仪器也有所改进。历法上，大胆创新，提出《十二气历》。地理学方面，以流水侵蚀作用解释奇异地貌的成因。物理方面，记载了磁偏角、凹面镜成像实验和声音共振实验。书中还记述当时一些重大科技成就，如指南针、活字印刷术的发明；炼铜、炼钢新技术的应用；其中“石油”一词也是在该书中首次提出的，并沿用至今。

《梦溪笔谈》作为科技文化园苑中的一朵奇葩，其影响已经不限于中国，而早就成为了世界各国科学家、史学家所重视的研究对象。英国著名科学史专家李约瑟称《梦溪笔谈》是“中国科学史上的坐标”。

《梦溪笔谈》取材广泛，内容丰富，考虑到普及的需要，我们选取了其中最具代表性的篇章，以供读者阅读，希望本书能对您的学习和生活有所裨益。

编　者

2008年8月

目　录

自序

【原文】

予退处林下，深居绝过从，思平日与客言者，时纪一事于笔，则若有所晤言，萧然移日。所与谈者，唯笔砚而已，谓之《笔谈》。圣谟国政，及事近宫省，皆不敢私纪。至于系当日士大夫毁誉者，虽善亦不欲书，非止不言人恶而已。所录唯山间木荫，率意谈噱，不系人之利害者，下至闾巷之言，靡所不有，亦有得于传闻者，其间不能无缺谬。以之为言则甚卑，以予为无意于言可也。

【译文】

我退隐在家，深居简出谢绝了朋友往来，想起平时和宾客谈论的事情，时而提笔记下一件，就如同和客人面对面交谈一样，消磨着孤单寂寞的时光。和我谈心的，就只有笔墨砚台罢了，所以我就把这本书叫作《笔谈》。国策政治，以及牵涉宫廷之事，我都不敢私下记述。甚至牵扯到当时士大夫是非褒贬的事情，就算是好事我也不想记载，并非仅仅不谈论别人的罪过而已。我所记录的只是在山林间树荫下，任意谈笑，绝不涉及他人是非、利害的事情，以至于民间俗语，无所不有。也有得之于传闻的记载，其中不免有错误遗漏的地方。如果把它当成著书立说来看就很拙劣，只当我是无心于著书立说就行了。

朝献与朝飨

【原文】

上亲郊庙，册文皆曰："恭荐岁事。"先景灵宫，谓之"朝献"；次太庙，谓之"朝飨"；末乃有事于南郊。予集郊式时，曾预讨论，常疑其次序若先为尊，则郊不应在庙后；若后为尊，则景灵宫不应在太庙之先。求其所从来，盖有所因。按唐故事，凡有事于上帝，则百神皆预遣使祭告，唯太清宫、太庙则皇帝亲行，其册祝皆曰"取某月某日有事于某所，不敢不告"。宫庙谓之"奏告"，于皆谓之"祭告"。唯有事于南郊，方为"正祠"。至天宝九载，乃下诏曰："'告'者上告下之词，今后太清宫宜称'朝献'，太庙称'朝飨'。"自此遂失"奏告"之名，册文皆谓"正祠"。

【译文】

皇上亲自祭祀天地神灵，祭文中都说"恭敬地献上每年的祭品"。先到景灵宫，叫作"朝献"；接着到太庙，叫作"朝飨"；最后才到南郊举行祭祀。我在编定祭祀制度时，曾参加讨论，对祭祀的先后次序常常感到疑惑，如果前面的为尊贵，那么祭天地就不应该在祭祖宗之后；如果后面的为尊贵，那么景灵宫就不应该在太庙的前面。探究这种次序的由来，大概也是有根据的。按照唐朝的老规矩：大凡祭祀上天，就都要预先派使者向各路神灵祭告，只有太清宫、太庙由皇帝亲自去，那些祭文中的祝词都说"定于某月某日在某地祭祀，不敢不禀告"。到宫庙祭祀叫作"奏告"，到别的地方叫作"祭告"。只有在南郊祭祀，才是"正祠"。到天宝九年，唐玄宗才颁布诏令说："'告'是上对下的用语，今后太清宫应该叫'朝献'，太庙叫'朝飨'。"从这时起就不用"奏告"的说法，祭文中都叫"正祠"了。

翰 林 院

【原文】

唐翰林院在禁中，乃人主燕居之所，玉堂、承明、金銮殿皆在其间。应供奉之人，自学士已下，工伎群官司隶籍其间者，皆称“翰林”，如今之翰林医官、翰林待诏之类是也。唯翰林茶酒司止称“翰林司”，盖相承阙文。

【译文】

唐朝的翰林院在皇宫中，是皇帝宴乐居住的场所，玉堂殿、承明殿、金銮殿都在里面。所有在皇帝身边侍奉的人，从学士以下，列入供奉名册的工匠、技艺等类官员，都称为“翰林”，就像现在的翰林医官、翰林待诏之类一样。唯独翰林茶酒司单称“翰林司”，大约是沿袭了旧时简称的缘故。

翰 林 学 士

【原文】

唐制，自宰相而下，初命皆无宣召之礼，惟学士宣召，盖学士院在禁中，非内臣宣召无因得入，故院门别设复门，亦以其通禁庭也。又学士院北扉者，为其在浴堂之南，便于应召。今学士初拜，自东华门入，至左承天门下马待诏，院吏自左承天门双引至阁门，此亦用唐故事也。唐宣召学士自东门入者，彼时学士院在西掖，故自翰林院东门赴召，非若今之东华门也。至如挽铃故事，亦缘其在禁中，虽学士院吏，亦止于玉堂门外，则其严密可知。如今学士院在外，与诸司无异，亦设铃索，悉皆文具故事而已。

【译文】

唐朝的制度，从宰相以下，刚任命时都没有宣布召见的礼节，只有翰林学士才被宣布召见。因为学士院在皇宫中，没有内臣传达召见的命令，就没有理由进去，因此学士院大门上又装了小门，也是因为通往皇宫的缘故。另外学士院还有北门，设在浴室的南边，也是为了方便应召。现在的学士刚被任命时，从东华门进去，到左承天门下马等待召见，然后由两名院吏领着从左承天门到阁门，这也是沿用了唐朝的制度。唐代召见学士时，从东门进宫，因为那时学士院在西宫，因此从翰林院东门前去应召，并不像现在走东华门。至于拉门铃的规定，也是因为学士院在皇宫中，即使是学士院的官吏，也要先停留在玉堂殿门外的缘故，因此，其制度的严密可想而知了。现在学士院设在宫外，同其他官署没有什么不同，也设置了门铃拉索，都不过是照老规矩做做样子罢了。

学士院轶事

【原文】

学士院玉堂，太宗皇帝曾亲幸，至今唯学士上日许正坐，他日皆不敢独坐。故事：堂中设视草台，每草制，则具衣冠据台而坐。今不复如此，但存空台而已。玉堂东承旨阁子窗格上有火燃处，太宗尝夜幸玉堂，苏易简为学士，已寝，遽起，无烛具衣冠，宫嫔自窗格引烛入照之，至今不欲更易，以为玉堂一盛事。

【译文】

学士院玉堂，因为宋太宗曾经驾临过，所以直到现在，只有翰林学士每月初一才允许正坐其中，其他日子都不敢擅自乱坐。过去的规矩，是在堂中设立视草台，每当草拟诏书时，学士就穿戴整齐坐到台上。现在不这样做了，仅仅留下空台而已。玉堂东边，承旨阁子的窗格上有火烧过的痕迹。原来宋太宗曾在夜间驾临玉堂，那时苏易简是学士，已经睡下了又匆忙起来，没

有烛火照着穿衣戴帽，侍从的宫女便从窗格间伸进烛火照明。到现在也不打算更换烧过的窗格，以便把它留作玉堂的一段佳话。

衣冠制度

【原文】

衣冠故事多无著令，但相承为例。如学士舍人蹑履，见丞相往还用平状，扣阶乘马之类，皆用故事也。近岁多用靴简，章子厚为学士日，因事论列，今则遂为著令矣。

【译文】

服饰大多没有明确的规定，只是相沿承袭形成惯例。例如学士舍人穿的鞋、拜见丞相、往来用一般的公文、上台阶、骑马之类，都用过去的规矩。近年来多用靴和笏板。章子厚担任学士时，就这些事论述，现在就已成为明文规定了。

幞头

【原文】

幞头一谓之“四脚”，乃四带也。二带系脑后垂之，二带反系头上，令曲折附顶，故亦谓之“折上巾”。唐制，唯人主得硬脚。晚唐方镇擅命，始僭用硬脚本。朝幞头有直脚、局脚、交脚、朝天、顺风，凡五等；唯直脚贵贱通服之。又庶人所戴头巾，唐人亦谓之“四脚”，盖两脚系脑后，两脚系颔下，取其服劳不脱也；无事则反系于顶上。今人不复系颔下，两带遂为虚设。

【译文】

幞头又叫“四脚”，就是四条带子。两条带子系在脑后垂下来，两条带子反上去系在头上，使它曲折附着在头顶，所以也叫“折上巾”。唐代的制度规定，只有君主才可以用硬脚幞头；晚唐时方镇专权，才超越本分用硬脚幞头。当今朝代的幞头有直脚、局脚、交脚、朝天、顺风共五种，只有直脚幞头是贵贱的人都可以使用的。此外，百姓所戴的头巾，唐代人也叫“四脚”，那是因为两条带子系在脑后，两条带子系在下巴底下，取它干活时不会脱落。无事时就把两条带子反系在头顶上。现在的人不再把带子系在下巴底下了，那两条带子就成了摆设。

进见礼

【原文】

百官于中书见宰相，九卿而下，即省吏高声唱一声“屈”，则趋而入。宰相揖及进茶，皆抗声赞唱，谓之“屈揖”。待制以上见，则言“请某官”，更不屈揖，临退仍进汤。皆于席南横设百官之位，升朝则坐，京官已下皆立。后殿引臣僚，则待制已上，宣名拜舞；庶官但赞拜，不宣名，不舞蹈。中书则略贵者，示与之抗也；上前则略微者，杀礼也。

【译文】

文武百官在中书省拜见宰相时，九卿以下的官员，即等中书省的官吏高声叫一出“屈”时，就快步走进去。宰相作揖并进茶时，都高声赞颂，叫作“屈揖”。待制以上官员进见，就说“请某官”，不再屈揖，到退下时仍然进茶水。都在宰相座席的南面横向摆设百官的座位，上朝时就坐，京官以下都站立。后殿带领臣属时，对待制以上的官员，要宣布名字叩拜挥手；对普通官员只引导叩拜，不宣布名字，不挥手顿足。中书省对高贵官员就减省礼仪，表示与他同样高贵；在皇帝面前对低级官员就减省礼仪，这是礼仪衰微了。

笼门谢

【原文】

唐制：丞郎拜官即笼门谢。今三司副使已上拜官，则拜舞于阶上，百官拜于阶下而不舞蹈，此亦笼门故事也。

【译文】

唐朝规定，寺丞、郎官被授予官职后，要到殿门谢恩，即笼门谢。现在三司副使以上被授予官职，就在台阶上跪拜舞蹈；众官员则在台阶下拜谢，但不舞蹈，这也是沿用了殿门谢恩的规矩。

带坠

【原文】

谏议班在知制诰上，若带待制，则在知制诰下，从职也。戏语谓之“带坠”。

【译文】

谏议官的班次在知制诰上面，如果带有待制官衔，班次就在知制诰之下，这是因为待制官的职位在知制诰下面的缘故，有人开玩笑说这是“带坠”。

校书官称学士

【原文】

《集贤院记》：“开元故事：校书官许称‘学士’。”今三馆职事皆称“学士”，用开元故事也。

【译文】

《集贤院记》中说："按照唐玄宗开元年间的惯例，校书官允许称为'学士'。"现在三馆的职事官全都称为"学士"，正是沿用了开元旧制。

雌黄改字

【原文】

馆阁新书净本有误书处，以雌黄涂之。尝校改字之法：刮洗则伤纸，纸贴之又易脱；粉涂则字不没，涂数遍方能漫灭。唯雌黄一漫则灭，仍久而不脱。古人谓之"铅黄"，盖用之有素矣。

【译文】

馆阁新誊清的本子有写错的地方，用雌黄粉涂抹。我曾经比较过一些改字的方法：刮洗则容易把纸损伤；贴上一张纸又容易脱掉；用粉涂字又不能涂没，要涂几遍才能完全盖住；只要用雌黄一涂就涂掉了，而且经久不脱落。古人称这个为"铅黄"，大概用这种方法已有很久了。

勘箭

【原文】

大驾卤簿中有勘箭，如古之勘契也。其牡谓之"雄牡箭"，牝谓之"辟仗箭"，本胡法也。熙宁中罢之。

【译文】

皇帝的仪仗队中有勘箭，像古代的勘契一样。其中雄性的叫作"雄牡箭"，雌性的叫作"辟仗箭"。这本来是胡人的规矩。熙宁年间废掉了。

翰林学士用乐

【原文】

京师百官上日，唯翰林学士敕设用乐，他虽宰相亦无此礼。优伶并开封府点集。陈和叔除学士，时和叔知开封府，遂不用女优。学士院敕设不用女优，自和叔始。

【译文】

京城文武百官上任时，只有翰林学士由皇帝下令设置音乐，别的即使是宰相也没有这样的礼遇。歌舞演员都由开封府点名召集。陈绎被任命为学士，当时他担任开封知府，就没有用女演员。学士院按诏令不用女演员，是从陈绎开始的。

焚香礼进士

【原文】

礼部贡院试进士日，设香案于阶前，主司与举人对拜，此唐故事也。所坐设位供张甚盛，有司具茶汤饮浆。至试经生，则悉彻帐幕毡席之类，亦无茶汤，渴则饮砚水，人人皆黔其吻。非故欲困之，乃防毡幕及供应人私传所试经义，盖尝有败者，故事为之防。欧文忠有诗："焚香礼进士，彻幕待经生。"以为礼数重轻如此，其实自有谓也。

【译文】

礼部贡院考试进士的时候，在台阶前摆设香案，主考官与举人相对而拜，这是唐朝的旧制度。安放座位的地方陈设很多用具，官府摆放了茶水饮料。到考试经生时，就全部搬走帐幕、毡席一类的东西，也没有茶水，考生渴了就喝砚池中的水，每个人的嘴唇都成了黑的。这并非故意要难为他们，是为防止从帐幕毡席外及供应茶水的人中偷偷传送所考的经义内容。大概曾经有人败露过，所以这样做来防止泄露。欧阳修写了诗说："焚香礼遇进士，撤除帐幕来招待经生。"以为礼节轻重到这个程度，其实自有它的意义。

王安石破常规

【原文】

嘉祐中，进士奏名讫，未御试，京师妄传王俊民为状元，不知言之所起，人亦莫知俊民为何人。及御试，王荆公时为知制诰，与天章阁待制杨乐道二人为详定官。旧制：御试举人，设初考官，先定等第，复弥之，以送覆考官，再定等第，乃付详定官，发初考官所定等，以对覆考之等，如同即已，不同，则详其程文，当从初考，或从覆考为定，即不得别立等。是时王荆公以初覆考所定第一人皆未允当，于行间别取一人为状首，杨乐道守法以为不可。议论未决，太常少卿朱从道时为封弥官，闻之，谓同舍曰："二公何用力争，从道十日前已闻王俊民为状元，事必前定，二公恨自苦耳。"既而二人各以己意进禀，而诏从荆公之请。及发封，乃王俊民也。详定官得别立等自此始，遂为定制。

【译文】

嘉祐年间，礼部上报进士名额完后，皇上还没有举行殿试，京城里就谣传王俊民是状元，不知道谣言从哪儿传出来的，人们也不知道王俊民是谁。到殿试时，王安石当时担任知制诰，与天章阁待制杨乐道两人任详定官。过去的制度规定：殿试举人，设立初考官，先确定等级，再密封好，把它送给审查考官，再定一次等级，才交付详定官，打开初考官所定的等级，用来对照审查考官的等级，如果相同就可以，不同就要审核那进呈的文章，确定按照初考还是审查的等级为准，也就是不能另外确定等级。那时王安石认为初考官、审查考官所定的第一人都不恰当，就在同等级中另外选了一人为状元，杨乐道遵守规章，认为不能这样。议论半天也不能得出最终结果，太常少卿朱从道当时任密封官，听说这事，对同僚说："两位何必费力争执，从道我十天前已经听说王俊民是状元了，这样的事一定早已定好，两位何必自找苦吃呢？"不久，两人各自把自己的想法向皇帝报告，皇上诏令采纳王安石的请求。等到打开密封的名单，就是王俊民。详定官可以另外确定等级就从这时开始，并且成为了固定的制度。

王安石

步行学士

【原文】

选人不得乘马入宫门。天圣中，选人为馆职，始欧阳永叔、黄鉴辈，皆自左掖门下马入馆，当时谓之"步行学士"。嘉祐中，于崇文院置编校局，校官皆许乘马至院门。其后中书五房置习学公事官，亦缘例乘马赴局。

【译文】

候选官员不能骑马进宫门。天圣年间，候选官员在馆阁中任职，从欧阳修、黄鉴等人开始，都在左掖门下马走进崇文院，当时称为"步行学士"。嘉祐年间在崇文院中设立编校局，编校官都允许骑马到崇文院门前。后来中书五房设置习学公事官，也照例骑马到任职地点。

皇族子弟授官

【原文】

宗子授南班官，世传王文正太尉为宰相日，始开此议，不然也。故事：宗子无迁官法，唯遇稀旷大庆，则普迁一官。景祐中，初定祖宗并配南郊，宗室欲缘大礼乞推恩，使诸王宫教授刁约草表上闻。后约见丞相王沂公，公问："前日宗室乞迁官表，何人所为？"约未测其意，答以不知。归而思之，恐事穷且得罪，乃再诣相府。沂公问之如前，约愈恐，不复敢隐，遂以实对。公曰："无他，但爱其文词耳。"再三嘉奖，徐曰："已得旨别有措置，更数日当有指挥。"自此遂有南班之授。近属自初除小将军，凡七迁则为节度使，遂为定制。诸宗子以千缣谢约，约辞不敢受。予与刁亲旧，刁尝出表稿以示予。

【译文】

皇族子弟被委任为南班官，世间传说是在太尉王旦当宰相时，才有了这一提议，其实并不是这样的。从前的制度，皇族子弟没有升官的规矩，只是遇到少有的大庆典时，才一律提升一级。景祐年间，开始确定祖宗在向南祭祀时一同祭祀，宗室子弟想利用举行大礼的机会请求给予恩惠，让诸王宫教授刁约起草报告给皇上看。刁约见到丞相王曾，王曾问："前些日子宗室子弟请求提升的报告，是谁写的？"刁约不知道他的用意，回答说不知道。回去后一想，担心事情弄清后被怪罪，就再次拜访丞相府。王曾又像先前一样问他，刁约越发惊慌，不敢再像上次那样隐瞒，就据实回答。王曾说："没有别的意思，只是喜欢报告的文辞罢了。"又再三夸奖，不慌不忙地说："已经得到皇上的旨意，另有安排，过几天应当有具体指示。"从这时起就有了任为南班官的事。皇家近亲从开始封为小将军起，共提升七次就担任节度使，这就成了固定的制度。那许多皇家子弟用千匹丝绢感谢刁约，刁约推辞不敢接受。我与刁约有老交情，刁约曾拿出报告的草稿给我看。

凉　衫

【原文】

近岁京师士人朝服乘马，以黪衣蒙之，谓之"凉衫"，亦古之遗法也，《仪礼》"朝服加景"是也。但不知古人制度章色如何耳。

【译文】

近年来，京城士大夫身穿上朝礼服骑马，外面要罩上浅青黑色衣衫，称为“凉衫”。这也是古代遗留下来的法式，也就是《仪礼》中所说的“朝服加景”，只是不知道古人的制度中对礼服图案与色彩是怎样规定的。

润笔费

【原文】

内外制凡草制除官，自给谏待制以上，皆有润笔物。太宗时，立润笔钱数，降诏刻石于舍人院。每除官，则移文督之，在院官下至吏人院驺皆分沾。元丰中，改立官制，内外制皆有添给。罢润笔之物。

【译文】

翰林学士、中书舍人和知制诰，凡是草拟任命官员的诏令，从给谏、待制官以上，都有润笔钱物。宋太宗时，规定了润笔的钱数，下诏令刻在石碑上竖立在舍人院中。每次任命官员，就发文督查，从院官往下到小官随从都可分享。元丰年间，改变了设立官职的制度，翰林学士、中书舍人和知制诰都增加了薪俸，就取消了润笔的钱物。

躬亲职事

【原文】

大理法官皆亲节案，不得使吏人。中书检正官不置吏人，每房给楷书一人，录净而已。盖欲士人躬亲职事，格吏奸，兼历试人才也。

【译文】

大理寺法官都亲自审案，不得派遣胥吏去做。中书检正官不设置差吏，每个办事机构配给一名楷书员，负责誊清工作。这样做大概是想让士大夫亲自处理职责内的事务，防止官吏的欺诈行为，同时检验士大夫的才干。

百官仪仗

【原文】

三司开封府外州长官升厅事，则有衙吏前导告喝。国朝之制，在禁中唯三官得告：宰相告于中书，翰林学士告于本院，御史告于朝堂，皆用朱衣吏，谓之“三告官”。所经过处，阍吏以梃扣地警众，谓之“打杖子”。两府亲王，自殿门打至本司及上马处；宣徽使打于本院；三司使知开封府打于本司。近岁寺监长官亦打，非故事。前宰相赴朝，亦有特旨许张盖打杖子者，系临时指挥，执丝梢鞭入内。自三司副使以上，副使唯乘紫丝暖座从人，队长持破木梃。自待制以上，近岁寺监长官持藤杖，非故事也。百官仪范，著令之外，诸家所记，尚有遗者。虽至猥细，亦一时仪物也。

【译文】

三司、开封府、京城外州府的长官上官衙办事，就由衙役在前面开路吆喝。本朝的制度，在皇宫中唯有三种官才能通报：宰相到中书省通报，翰林学士到翰林院通报，御史大夫上朝堂通报，都用穿红衣的差吏，叫作“三告官”。凡是经过的地方，守门官吏用棍棒敲打地面来提醒民众，叫作“打杖子”。对两府、亲王，要从殿门开始敲打直到本司或上马的地方；宣徽使敲打到本院；三司使、开封知府敲打到本司。近年来寺监长官也要敲打，这不是过去的规矩。以前宰相上朝，也有皇上特旨准许张开车盖、敲打棍棒的，那是临时的指挥。拿着丝梢鞭进宫，是从三司副使以上才可以，副使只能乘坐紫丝暖座跟随着他，队长拿着破木棒。对待制以上的人，近年来侍监长官拿着藤棒，这也不是过去的规矩。文武百官的仪仗规则，除有明确的法规之外，各家也有记录，还有被遗漏的。虽然规定得特别琐细，也是一个时期的礼仪制度。

古今衡制

【原文】

钧石之石，五权之名，石重百二十斤。后人以一斛为一石，自汉已如此，“饮酒一石不乱”是也。挽蹶弓弩，古人以钧石率之；今人乃以粳米一斛之重为一石。凡石者以九十二斤半为法，乃汉秤三百四十一斤也。今之武卒蹶弩，有及九石者，计其力，乃古之二十五石，比魏之武卒，人当二人有余。弓有挽三石者，乃古之三十四钧，比颜高之弓，人当五人有余。此皆近岁教养所成。以至击刺驰射，皆尽夷夏之术，器仗铠胄，极今古之工巧。武备之盛，前世未有其比。

【译文】

钧石的石，是五种重量单位之一，一石相当于一百二十斤。后人将一斛定为一石，从汉代就已经这样了，比如说“饮酒一石不醉”就是指的这个。张拉弓弦的力量，古人也用钧石为标准去衡量。现在的人则把一斛粳米的重量作为一石。凡是一石都是以九十二斤半为标准，等于汉代称量的三百四十一斤。现在的武士张拉弩弓，有达到九石重的，计算他的力气，是古时候的二十五石，与魏的武士相比，一人当两人还有剩余；有拉弓达到三石的，是古时候的三十四钧，与颜高拉的弓比起来，一人当五人还有余。这都是近年来教育培养的结果。以至于搏击刺杀跑马射箭，都融汇了少数民族和汉族技术的精华，武器铠甲都极尽了古今技术的精巧。武器装备的丰富精良，是前代无法相比的。

阳燧照物

【原文】

阳燧照物皆倒，中间有碍故也。算家谓之“格术”，如人摇橹，臬为之碍故也。若鸢飞空中，其影随鸢而移，或中间为窗隙所束，则影与鸢遂相违：鸢东则影西，鸢西则影东。又如窗隙中楼塔之影，中间为窗所束，亦皆倒垂，与阳燧一也。阳燧面洼，以一指迫而照之则正；渐远则无所见；过此遂倒。其无所见处，正如窗隙。橹臬腰鼓碍之，本末相格，遂成摇橹之势，故举手则影愈下，下手则影愈上，此其可见。阳燧面洼，向日照之，光皆聚向内，离镜一二寸，光聚为一点，大如麻菽，著物则火发，此则腰鼓最细处也。岂特物为然，人亦如是，中间不为物碍者鲜矣。小则利害相易，是非相反；大则以己为物，以物为己。不求去碍而欲见不颠倒，难矣哉。《酉阳杂俎》谓海翻则塔影倒，此妄说也。影入窗隙则倒乃其常理。

【译文】

用阳燧照物体都是倒立的影像，是因为中间有障碍的缘故。算学家说这叫作“格术”。譬如人摇橹，作支撑的小木桩成了橹的障碍一样。像老鹰在空中飞行，它的影子随着鹰飞而移动，如果鹰和影子之间的光线被窗孔所约束，那么影子与鹰飞的方向就相反了。又像窗孔中透过楼塔的影子，中间的光线被窗孔所约束，也都是倒垂的，与阳燧同样的道理。阳燧的镜面是凹陷的，当一个手指挨近镜面照时像是正的；当手指渐渐移远到某一位置，像就不见了；超过这一位置，像就倒过来了。那个看不见像的地方，正如窗户的孔、架橹的木桩、腰鼓的腰成了障碍一样，物体与像相对，就成了摇橹的情形。所以举起手来影子就越向下，放下手来影子就越向上，这应该是可以看得到的。阴燧的表面是凹陷的，对着太阳照，光线都集中在内心。离镜面一二寸的地方光线集中成一个点，大小如芝麻粒照到物体上，物体一会就燃烧起来，这就是腰鼓最细的地方。岂止物体是这样，人也如此，中间不被外物阻碍的很少见的。小的就把利害互相改变，是非互相颠倒；大的就把自己当成外物，把外物当成自己。不要求去掉障碍，却想看到不颠倒的物像，实在是太难了啊！《酉阳杂俎》说海翻则塔影倒过来，这是错误的说法。影入窗户缝隙则倒这才是常理。

黄陵二女

【原文】

旧传黄陵二女，尧子舜妃。以二帝化道之盛，始于闺房，则二女当具任、姒之德。考其年岁，帝舜陟方之时，二妃之齿已百岁矣。后人诗骚所赋，皆以女子待之，语多渎慢，皆礼义之罪人也。

【译文】

过去传说黄陵有两个女子，即尧的女儿、舜的妃子。因为尧、舜两帝的道德非常高尚，是从闺门中开始的，那两个女子就应具有任、姒的品德。考究她们的年龄，在舜出巡的时候，两个妃子的年纪已有一百岁了。后人在诗词中所写的，都把她们作女孩子看待，语言多有些亵渎轻慢，都是礼义方面的罪人。

解州盐池

【原文】

解州盐泽方百二十里。久雨，四山之水悉注其中，未尝溢；大旱未尝涸。卤色正赤，在版泉之下，俚俗谓之“蚩尤血”。唯中间有一泉，乃是甘泉，得此水然后可以聚。又其北有尧梢水，一谓之巫咸河。大卤之水，不得甘泉和之，不能成盐。唯巫咸水入，则盐不复结，故人谓之“无盐河”，为盐泽之患，筑大堤以防之，甚于备寇盗。原其理，盖巫咸乃浊水，入卤中，则淤淀卤脉，盐遂不成，非有他异也。

【译文】

解州盐池方圆一百二十里。长时间下雨后，四周山上的水都流注到池里，但池中从未漫出过水来；大旱时，也从未干涸过。卤水是紫红色的，在版泉的下面，当地俗称为“蚩尤血”。唯独中间的一眼泉水，却是淡水，有了这水之后，就可以使盐卤结晶出食盐了。另外，盐池北边有尧梢水，也叫巫咸河。盐池的卤水，没有甘泉水掺和，就不能生成食盐。只要巫咸河水流入盐池中，盐卤就不再结晶，人们称它为“无盐河”，是盐泽的祸患。人们筑大堤来防备它，甚至超过防备盗贼。推究它的道理，大概巫咸河水本是浊水，一旦流入卤水中，就会淤积堵塞盐卤矿脉，便不能产盐了，并非有其他特殊原因。

虎豹为程

【原文】

《庄子》云：“程生马。”尝观《文字注》：“秦人谓豹曰程。”予至延州，人至今谓虎豹为“程”，盖言“虫”也。方言如此，抑亦旧俗也。

【译文】

《庄子》说：“程生马。”我曾经看过《文字注》上说：“秦人称豹为程。”我到延州时，当地人至今还称虎豹为程，大概也就是虫的意思。方言就是这样，或者也是旧的习俗吧。

十八学士图

【原文】

予家有阎博陵画唐秦府十八学士，各有真赞，亦唐人书，多与旧史不同。姚柬，字思廉，旧史姚思廉字简之。苏台、陆元明、薛庄，《唐书》皆以字为名。

李玄道、盖文达、于志宁、许敬宗、刘孝孙、蔡允恭，《唐书》皆不书字。房玄龄字乔年，《唐书》乃“房乔字玄龄”。孔颖达字颖达，《唐书》“字仲达”。苏典签名从“日”从“九”，《唐书》乃从“日”从“助”。许敬宗、薛庄官皆直记室，《唐书》乃摄记室。盖《唐书》成于后人之手，所传容有讹谬，此乃当时所记也。以旧史考之，魏郑公对太宗云：“目如悬铃者佳”，则玄龄果名，非字也。然苏世长，太宗召对玄武门，问云：“卿何名长意短？”后乃为学士，似为学士时方更名耳。

【译文】

我家有阎立本画的唐代秦府十八学士图，分别都有画像赞，也都是唐人写的，大多与旧史的记载不同。姚柬，字思廉，旧史中却是姚思廉字简之。苏台、陆元明、薛庄，《唐书》都把他们的字当作名。李玄道、盖文达、于志宁、许敬宗、刘孝孙、蔡允恭，《唐书》都没有记载他们的字。房玄龄，字乔年，《唐书》中却是“房乔字玄龄”。孔颖达，字颖达，《唐书》中是“字仲达”。苏典的名字由“日”和“九”字构成，《唐书》却是由“日”和“助”字构成。许敬宗、薛庄的官职都是直记室，《唐书》中是摄记室。《唐书》出自于后人之手，所传内容允许有错误出现。而画像赞却是当时记下的。用旧史来考证这些问题，魏徵对唐太宗说：“眼睛像悬铃一样的人就好。”那么玄龄果然是房玄龄的名，而不是字。但苏世长，太宗召他在玄武门应对，他说：“你为什么名叫长而用意却短浅？”苏世长后来成了学士，大概是当了学士后才改名的。

芳州采杜若

【原文】

唐正观中，敕下度支求杜若。省郎以谢朓诗云：“芳州采杜若”，乃责坊州贡之。当时以为嗤笑。至如唐故事，中书省中植紫薇花，何异坊州贡杜若，然历世循之，不以为非。至今舍人院紫薇阁前植紫薇花，用唐故事也。

【译文】

唐朝贞观年间，朝廷下令让度支司寻找杜若。省郎借用谢朓的诗句说：“芳州采杜若”，于是责令坊州进贡杜若，当时都拿这个当笑柄。又如唐朝的规矩，要在中书省种植紫薇花，这与坊州进贡杜若又有什么区别呢？然而历代沿袭这种做法，并不认为是错误的。到今天还在舍人院紫薇阁前种紫薇花，正是沿用了唐朝的做法。

《周南》《召南》

【原文】

“人而不为《周南》、《召南》，其犹正墙面而立也。”《周南》、《召南》，乐名也。“胥鼓以《雅》以《南》”，是也。《关雎》、《鹊巢》，二《南》之诗而已，有乐有舞焉。学者之事，其始也学《周南》、《召南》，末至于舞《大夏》、《大武》。所谓为《周南》、《召南》者，不独诵其诗而已。

【译文】

“人如果不读《周南》、《召南》，那就像正对着墙壁站立一样。”《周南》、《召南》，是音乐的名称。“乐官根据《雅》和《南》击鼓”，就是这个意思。《关雎》、《鹊巢》，是二《南》中的诗罢了，其中有音乐有舞蹈。读书人学习，开始也学《周南》、《召南》，最后才到跳《大夏》、《大武》舞。所以说《周南》、《召南》，不仅仅是要诵读诗歌而已。

桂屑除草

【原文】

杨文公《谈苑》记江南后主患清暑阁前草生，徐锴令以桂屑布砖缝中，宿草尽死，谓《吕氏春秋》云“桂枝之下无杂木”，盖桂枝味辛螫故也。然桂之杀草木，自是其性，不为辛螫也。《雷公炮炙论》云：“以桂为丁，以钉木中，其木即死。”一丁至微，未必能螫大木，自其性相制耳。

【译文】

杨文公《谈苑》记述了南唐李后主讨厌清暑阁前长出草来，徐锴让人用桂枝屑散布在砖缝中，多年生的草就都死了，据《吕氏春秋》说：“桂枝的下面不长别的树。”大约是桂枝辛辣刺激的原因。但是桂枝能杀死草木，自然是它的本性，不是因为辛辣刺激。《雷公炮炙论》说：“用桂枝制成钉，把它钉在树中，那树立刻就死了。”一颗钉是很小的，未必能刺死大树，只因为它们的特性相克罢了。

“一麾”辨

【原文】

今人守郡谓之“建麾”，盖用颜延年诗“一麾乃出守”，此误也。延年谓“一麾”者，乃“指麾”之“麾”，如武王“右秉白旄以麾”之“麾”，非“旌麾”之“麾”也。延年《阮始平诗》云，“屡荐不入官，一麾乃出守”者，谓山涛荐咸为吏部郎，三上，武帝不用，后为荀勉一挤，遂出始平，故有此句。延年被摈，以此自托耳。自杜牧为《登乐游原诗》云：“拟把一麾江海去，乐游原上望昭陵。”始谬用“一麾”，自此遂为故事。

【译文】

现在的人主管一个郡叫作“建麾”，是用了颜延年的诗“一麾乃出守”，这是错误的。颜延年说的“一麾”，是“指麾”的“麾”，如同武王“右手拿着白色大旗来麾”的“麾”，不是“旌麾”的“麾”。颜延年《阮始平诗》说，“屡荐不入官，一麾乃出守”，是说山涛推荐阮咸任吏部郎，三次上书，武帝都不任用，后来被荀勉一排挤，就出任到始平，所以有这句诗。颜延年被排斥，借这诗句作为自己的寄托。从杜牧作《登乐游原》诗说：“拟把一麾江海去，乐游原上望昭陵。”人们才错用“一麾”。从这时起就成了一个典故。

韩文公

【原文】

世人画韩退之，小面而美髯，著纱帽，此乃江南韩熙载耳。尚有当时所画，题志甚明。熙载谥文靖，江南人谓之“韩文公”，因此遂谬以为退之。退之肥而寡髯。元丰中，以退之从享文宣王庙，郡县所画，皆是熙载，后世不复可辨，退之遂为熙载矣。

韩 愈

【译文】

世人画的韩愈，小脸而且有漂亮的胡子，戴着纱帽，其实这是江南的韩熙载。这有当时的画可以为证，画上的题记说得很清楚。韩熙载的谥号是文靖，江南人称他为“韩文公”，因此大家就误以为是韩愈。韩愈胖而且胡须很少。元丰年间，用韩愈陪祭文宣王庙，郡县画的韩愈像，都是韩熙载。后世不能再辨认，韩愈就成了韩熙载了。

《蜀道难》

【原文】

前史称严武为剑南节度使，放肆不法，李白为之作《蜀道难》。按孟棨所记，白初至京师，贺知章闻其名，首诣之，白出《蜀道难》，读未毕，称叹数四。时乃天宝初也，此时白已作《蜀道难》。严武为剑南，乃在至德以后肃宗时，年代甚远。盖小说所记，各得于一时见闻，本末不相知，率多舛误，皆此文之类。李白集中称刺章仇兼琼，与《唐书》所载不同，此《唐书》误也。

【译文】

以前的史书说严武任剑南节度使，放纵不遵守法规制定，因此李白写了《蜀道难》。据孟棨记载，李白刚到京城时，贺知章听到他的名字，最先去拜访他，李白拿出《蜀道难》，贺知章还没有读完，就不停地赞叹。这时是天宝初年，当时李白已经写了《蜀道难》。严武任职剑南，是在至德以后肃宗时，年代已经很远了。大概小说的记录，各是从一时的见闻找到的，首尾不清楚，大多出现谬误，都是这种文字之类。李白的诗集中说是讽刺章仇兼琼，与《唐书》所记载的不同，这是《唐书》搞错了。

论六吕

【原文】

六吕：三曰钟，三曰吕。（夹钟，林钟，应钟。大吕，中吕，南吕）钟与吕常相间，常相对，六吕之间复自有阴阳也。纳音之法：申、子、辰、巳、酉、丑为阳纪，寅、午、戌、亥、卯、未为阴纪。亥、卯、未曰夹钟、林钟、应钟，阳中之阴也。黄钟者，阳之所钟也。夹钟、林钟、应钟、阴之所钟也。故皆谓之“钟”。巳、酉、丑，大吕、中吕、南吕，阴中之阳也。吕，助也，能时出而助阳也，故皆谓之“吕”。

【译文】

六吕：三个叫作钟，三个叫作吕，包括夹钟、林钟、应钟和大吕、中吕、南吕。钟与吕常常互相间隔、互相对应；六吕之间又自有阴阳的分别。音、律和五行配合的法则是：申、子、辰、巳、酉、丑为阳纪，寅、午、戌、亥、卯、未为阴纪。其中亥、卯、未分别对应夹钟、林钟、应钟，这是阳中之阴。黄钟，是阳纪所汇聚之处；夹钟、林钟、应钟，是阴纪所汇聚之处，所以都叫作“钟”。巳、酉、丑分别对应大吕、中吕、南吕，这是阴中之阳。吕，就是辅助，能够时时出现来辅助阳，所以叫作“吕”。

八八为伍辨

【原文】

《汉志》：“阴阳相生，自黄钟始，而左旋，八八为伍。”八八为伍者，谓一上生与一下生相间。如此则自大吕以后，律数皆差，须自蕤宾再上生，方得本数。此八八为伍之误也。或曰：“律无上生吕之理，但当下生而用独倍。”二说皆通。然至蕤宾清宫生大吕清宫，又当再上生。如此时上时下，即非自然之数，不免牵合矣。自子至巳为阳律、阳吕，自午至亥为阴律、阴吕。凡阳律、阳吕皆下生，阴律、阴吕皆上生。故巳方之律谓之中吕，方阴阳至此而中也。中吕当读如本字，作“仲”非也。至午则谓之蕤宾，阳常为主，阴常为宾。蕤宾者，阳至此而为宾也。纳音之法，自黄钟相生，至于中吕而中，谓之阳纪。自蕤宾相生，至于应钟而终，谓之阴纪。盖中吕为阴阳之中，子午为阴阳之分也。

【译文】

《汉书·律历志》说："阴阳相互生成，从黄钟开始，接着是左旋，八八为伍。"八八为伍的意思，说的是一上生与一下生相间隔。像这样则从大吕以后，律数都不相对。必须从蕤宾开始再上生，才能得到对应的数。这就是八八为伍的错误。有人说："乐律没有上生为吕的道理，只应当下生而用一个倍数。"这两种说法都说得通。但到了蕤宾清宫生出大吕清宫，还应当再上升。像这样一会儿上一会儿下，就不符合自然的规律，免不了是一种牵强凑合了。从子到巳为阳律、阳吕，从午到亥为阴律、阴吕。凡是阳律、阳吕都为下生，阴律、阴吕都为上生。所以巳这个区域的音律叫作中吕，它正是阴阳到了这个中间。中吕应当读它的本音，读成"仲"是不对的。到了午这一区域就叫作蕤宾，因为阳常为主，阴常为宾，蕤宾的意思是，阳到了这一区域就成为宾了。音、律、五行配合的法则是，从黄钟开始上升，到了中吕就居中，称为阳纪；从蕤宾开始上升，到了应钟结束，称为阴纪。中吕处在阴阳的中间，就像子时和午时是阴阳的分界一样。

杖　鼓

【原文】

唐之杖鼓，本谓之"两杖鼓"，两头皆用杖。今之杖鼓一头以手拊之，则唐之"汉震第二鼓"也。明帝、宋开府皆善此鼓，其曲多独奏，如鼓笛曲是也。今时杖鼓，常时只是打拍，鲜有专门独奏之妙。古曲悉皆散亡，顷年王师南征，得《黄帝炎》一曲于交趾，乃杖鼓曲也。唐曲有《突厥盐》、《阿鹊盐》，施肩吾诗云："颠狂楚客歌成雪，妩媚吴娘笑是盐。"盖当时语也。今杖鼓谱中有炎杖声。

【译文】

唐代的杖鼓，本来叫作"两杖鼓"，演奏时两头都可以用杖敲打。现在的杖鼓是在一头用手拍击，是唐代的"汉震第二鼓"。唐明皇、宋璟都善于演奏这种鼓。它的乐曲大多是独奏，如《鼓笛曲》就是这样的。今天的杖鼓，常常只用来拍打节拍，很少有专门独奏的美妙。从前的曲目全都散失不存了。近年皇家大军南征，在交趾得到一支曲子《黄帝炎》，竟是杖鼓曲。唐代的杖鼓曲还有《突厥盐》、《阿鹊盐》。施肩吾的诗写道："颠狂楚客歌成雪，妩媚吴娘笑是盐。"这大概是说当时的情况，现在的杖鼓曲谱中还有炎杖的音乐。

凯　歌

【原文】

边兵每得胜回，则连队抗声凯歌，乃古之遗音也。"凯歌"词甚多，皆市井鄙俚之语。予在鄜延时，制数十曲，令士卒歌之，今粗记得数篇：其一：先取山西十二州，别分子将打衙头。回看秦塞低如马，渐见黄河直北流；其二：天威卷地过黄河，万里羌人尽汉歌。莫堰横山倒流水，从教西去作恩波；其三：马尾胡琴随汉车，曲声犹自怨单于。弯弓莫射云中雁，归雁如今不寄书；其四：旗队浑如锦绣堆，银装背嵬打回回。先教净扫安西路，待向河源饮马来；其五：灵武西凉不用围，蕃家总待纳王师。城中半是关西种，犹有当时轧吃儿。

【译文】

每当边防军队大胜回来，则全队齐声高唱凯歌，这是古代流传下来的音乐。"凯歌"歌词很多，都用民间通俗的语言写成。我在鄜延的时候，写作了几十首歌曲，让士兵歌唱。现在还大致地记得几首。第一首是："先取山西十二州，别分子将打衙头。回看秦塞低如马，渐见黄河直北流。"第二首是："天威卷地过黄河，万里羌人尽汉歌。莫堰横山倒流水，从教西去作恩波。"第三首是："马尾胡琴随汉车，曲声犹自怨单于。弯弓莫射云中雁，归雁如今不寄书。"第四首是："旗队浑如锦绣堆，银装背嵬打回回。先教净扫安西路，待向河源饮马来。"第五首是："灵武西凉不用围，蕃家总待纳王师。城中半是关西种，犹有当时轧吃儿。"

从声与变声

【原文】

五音：宫、商、角为从声，徵、羽为变声，从谓律从律，吕从吕。变谓以律从吕，以吕从律。故从声以配君、臣、民，尊卑有定，不可相逾。变声以为事、物，则或遇于君声无嫌。六律为君声，则商、角皆以律应，徵、羽以吕应。六吕为君声，则商、角皆以吕应，徵、羽以律应。加变徵，则从变之声已渎矣。隋柱国郑译始条具有七均，辗转相生，为八十四调。清浊混淆，纷乱无统，竞为新声。自后又有犯声、侧声，正杀、寄杀，偏字、傍字、双字、半字之法，从变之声，无复条理矣。

【译文】

五音中，宫、商、角是从声，徵、羽是变声。从，是说商、角都从属宫这个律，或者都从属宫这个吕。变，是说徵、羽这些律都从属宫、商、角这些吕，或者徵、羽这些吕都从属宫、商、角这些律。所以用从声来配君、臣、民，这个尊卑是有规定的，不能互相逾越。变声是用来象征事和物的，那即使与君声相遇也没有妨碍。六律成了君声，那么商、角都要以律调来相应，徵、羽以吕吕来相应。六吕成了君声，那么商角都要以吕调来相应，徵羽以律调来相应。增加了变徵以后，从声和变声的关系已很随便了。隋朝柱国郑评分别列举了出来，辗转相生，共有八十四调。这样，清浊混淆，纷乱而无系统，竞相创制新声。以后又出现了犯声、侧声、正杀、寄杀、偏字、傍字、双字、半字等各种手法。从声和变声就更加没有条理了。

胡 部 乐

【原文】

外国之声，前世自别为四夷乐。自唐天宝十三载，始诏法曲与胡部合奏，自此乐奏全失古法。以先王之乐为“雅乐”，前世新声为“清乐”，合胡部者为“宴乐”。

【译文】

外国的音乐，前代本已区别为四夷乐。自从唐代天宝十三年，才开始诏令让宫廷乐曲与胡部乐曲合奏。从此演奏音乐完全丧失古时法规，以先王传下来的音乐为“雅乐”，前代的新音乐为“清乐”，与胡部合奏的音乐为“宴乐”。

李嗣真补磬

【原文】

唐《独异志》云：“唐承隋乱，乐簴散亡，独无徵音，李嗣真密求得之，闻弩营中砧声，求得丧车一铎，入振之于东南隅，果有应者，掘之，得石一段，裁为四具，以补乐簴之阙。”此妄也。声在短长厚薄之间，故《考工记》：“磬氏为磬，已上则磨其旁，已下则磨其端。”磨其毫末，则声随而变，岂有帛砧裁琢为磬，而尚存故声哉。兼古乐宫、商无定声，随律命之，迭为宫、徵。嗣真尝为新磬，好事者遂附益为之说。既云“裁为四具”，则是不独补徵声也。

【译文】

唐朝《独异志》上说：“唐朝承接在隋朝的动乱的时候，悬挂钟磬的架子散失，独独少了徵音的磬。李嗣真秘密地寻访，听到打制弓箭的军营中的砧声，就找了一个丧车上的铃铛，到弓箭营的东南角摇晃，果然有回声，挖掘开来，找到了一块石头，把它截成四段，用来补足钟磬架上的缺漏。”这种说法是胡乱造谣。磬的声音有长短厚薄的区分。《考工记》说：“造磬的人听声音，过高了就磨它的旁边，过低了就磨它的两端。”磨那么一点点，声音就会跟着变化，哪里有把捣衣石截磨成磬还能保存原来声音的啊！况且古代音乐中宫、商还没有固定的声调，是随着音律的高低来决定，可以交替定为宫或者徵。李嗣真可能曾做过一块新磬，那些多事的人就添油加醋这样说。既然说是“截成了四段”，那就不仅仅是补上徵音了。

润州玉磬

【原文】

《国史纂异》云：“润州曾得玉磬十二以献。张率更叩其一，曰：‘晋某岁所造也。是岁闰月，造磬者法月数，当有十三。宜于黄钟东九尺掘，必得焉。’从之，果如其言。”此妄也。法月律为磬，当依节气，闰月自在其间。闰月无中气，岂当月律？此懵然者为之也。扣其一，安知其是晋某年所造？既沦陷在地中，岂暇复按方隅尺寸埋之？此欺诞之甚也。

【译文】

《国史纂异》中记载：“润州曾经得到十二只玉磬贡奉给朝廷，张率更敲了敲其中一只，说道：‘这是晋朝某年所制造的。这一年正好闰月，造磬的人依照月数制作，应该有十三只。应该在黄钟磬东边九尺处挖掘，必定还找得到一只玉磬。’照他说的去做，果然应验了他的话。”这简直是胡说。依照月律造磬，应该以节气为准，闰月已经包含在二十四个节气中了。何况闰月没有中气，又怎能按月律来造磬？这种说法完全是似懂非懂的人胡编出来的。敲敲其中一只，哪能就知道它是晋朝什么年代制造的呢？既然失陷在地里面，又怎么会按一定的方向和尺寸去埋它？这真是荒唐到了极点。

《霓裳羽衣曲》

【原文】

《霓裳羽衣曲》。刘禹锡诗云："三乡陌上望仙山，归作《霓裳羽衣曲》。"又王建诗云："听风听水作《霓裳》。"白乐天诗注云："开元中，西凉府节度使杨敬述造。"郑嵎《津阳门诗》注云："叶法善尝引上入月宫，闻仙乐，及上归，但记其半。遂于笛中写之。会西凉府都督杨敬述进《婆罗门曲》，与其声调相符，遂以月中所闻为散序，用敬述所进为其腔，而名《霓裳羽衣曲》。"诸说各不同。今蒲中逍遥楼楣上有唐人横书，类梵字，相传是《霓裳谱》，字训不通，莫知是非。或谓今燕部有《献仙音曲》，乃其遗声。然《霓裳》本谓之道调法曲，今《献仙音》乃小石调耳，未知孰是。

【译文】

关于《霓裳羽衣曲》，刘禹锡的诗里有这样的话："三乡陌上望仙山，归作《霓裳羽衣曲》。"又有王建的诗是这样说的："听风听水作《霓裳》。"白居易在诗注中写道："《霓裳羽衣曲》是开元年间西凉府节度使杨敬述作的。"郑嵎在《津阳门诗》的注释中也说："叶法善曾领唐玄宗去月宫，听到了仙乐。唐玄宗返回后，只记得里面的一半，于是就用笛谱将曲子记了下来。恰巧西凉都督杨敬述献上《婆罗门曲》，与唐玄宗记下的曲调相似，于是用月中听见的曲子作散序，用杨敬述所献的《婆罗门曲》作为主曲，取名为《霓裳羽衣曲》。"以上说法各有不同。现在蒲中逍遥楼的门楣上有唐人横写的文字，类似于古印度的梵文，相传是《霓裳曲》的乐谱，因为不认识上面的文字，不知道到底是不是。有人说现在燕乐中有《献仙音曲》，就是《霓裳曲》的遗音，但是《霓裳曲》原称为道调法曲，如今的《献仙音曲》却是小石调。所以不知哪种说法才是正确的。

唐玄宗李隆基

郢人善歌

【原文】

世称善歌者，皆曰“郢人”。郢州至今有白雪楼，此乃因宋玉问曰：“客有歌于郢中者，其始曰《下里巴人》，次为《阳阿薤露》。又为《阳春白雪》，引商刻羽，杂以流徵。”遂谓郢人善歌，殊不考其义。其曰“客有歌于郢中者”，则歌者非郢人也。其曰：“《下里巴人》，国中属而和者数千人；《阳阿薤露》，和者数百人；《阳春白雪》，和者不过数十人；引商刻羽，杂以流徵，则和者不过数人而已。”以楚之故都，人物猥盛，而和者止于数人，则为不知歌甚矣，故玉以此自况。《阳春白雪》，皆郢人所不能也，以其所不能者名其俗，岂非大误也？《襄阳耆旧传》虽云：“楚有善歌者，歌《阳菱白露》、《朝日鱼丽》，和之者不过数人。”复无《阳春白雪》之名。又今郢州本谓之北郢，亦非古之楚都，或曰：“楚都在今宜城界中，有故墟尚在。”亦不然也。此鄢也，非郢也。据《左传》：“楚成王使斗宜申为商公，沿汉溯江，将入郢，王在渚宫下见之。”沿汉至于夏口，然后溯江，则郢当在江上，不在汉上也。又在渚宫下见之，则渚宫盖在郢也。楚始都丹阳，在今枝江；文王迁郢，昭王迁鄀，皆在今江陵境中。杜预注《左传》云：“楚国，今南郡江陵县北纪南城也。”谢灵运《邺中集诗》云：“南登宛、郢城。”今江陵北十二里有纪南城，即古之郢都也，又谓之南郢。

【译文】

世上的人把会唱歌的称作“郢人”。到如今郢州还有一座白雪楼，这是因为宋玉曾经说过：“有位外乡人在郢州唱歌，他先唱《下里》《巴人》，接着唱

《阳河》《薤露》，还唱了《阳春》《白雪》，唱出了几种音调，还加上流动的音韵。”这就有了郢人善于唱歌的说法，却完全不去研究这段话到底说的是什么。宋玉说“有位外乡人在郢州唱歌”，就是说唱歌的人不是郢州人。他说：“唱《下里》《巴人》时，城里跟着唱的有几千人；唱《阳河》《薤露》时，跟着唱的几百人；唱《阳春》《白雪》时，跟着唱的不过几十人。而到几种音调都出现，还有流动的音韵时，跟着唱的不过几个人罢了。”像这样楚国的老都城，各种人物都多，但能跟着唱的仅仅几个人，那就是说不懂唱歌的多了，所以宋玉用这来比喻自己。《阳春》《白雪》，都是郢州人所不会唱的，用他们做不到的事来说明他们的习俗，难道不是个大错误吗？虽然《襄阳耆旧传》说道：“楚国有个会唱歌的，唱《阳菱白露》、《朝日鱼丽》时，跟着唱的不过几个人。”这里再也没有《阳春》《白雪》的名称。另外，现在的郢州本来叫作北郢，也并非古代楚国的都城。有人说：“楚国的都城在现在的宜城界内，还有残存的废墟在。”这也是错误的。那是鄀城，不是郢城。据《左传》记载：“楚成王封斗宜申做商公，他沿着汉水走，又沿长江上，快要到郢城时，楚成王在渚宫里召见他。”沿着汉水到了夏口，然后溯江而上，那么郢城应当在长江的边上，而不是在汉水边。另外，渚宫大概也在郢城。楚国开始是在丹阳建都，即现在的枝江；楚文王时迁都到郢城，楚昭王时又迁都到鄀，这都在现在的江陵境内。杜预在《左传》的注释中说：“楚国的国都，就是现在南郡江陵县北面的纪南城。”谢灵运《邺中集诗》说：“南登宛、郢城。”如今江陵北面十二里有纪南城，就是古时候的郢都，又叫作南郢。

《广陵散》考

【原文】

《卢氏杂说》：“韩皋谓嵇康琴曲有《广陵散》者，以王陵、毌丘俭辈皆自广陵败散，言魏散亡自广陵始，故名其曲曰《广陵散》。”以予考之，“散”自是曲名，如“操”、“弄”、“掺”、“淡”、“序”、“引”之类，故潘岳《笙赋》：“辍张女之哀弹，流广陵之名散。”又应璩《与刘孔才书》云：“听广陵之清散。”知“散”为曲名明矣。或者康借此名以谏讽时事，“散”取曲名，广陵乃其所命，相附为义耳。

【译文】

《卢氏杂说》记述："韩皋说嵇康琴曲中有一首叫《广陵散》的，因为王陵、毋丘俭这些人都在广陵败散，认为魏朝的灭亡是从广陵开始，所以就把这首琴曲命名为《广陵散》。"据我考证，"散"本来是一种曲子的名称，如"操、弄、掺、淡、序、引"一样。所以潘岳《笙赋》写道："辍张女之哀弹，流广陵之名散。"另外应璩《与刘孔才书》说："听广陵之清散。"可以知道"散"是曲子的名称，就很清楚了。也可能是嵇康借这个曲名来讽刺时政，"散"取它的曲名，"广陵"是他为这曲子定的标题，两方面结合起来表示一定的意义。

《虞美人操》

【原文】

高邮人桑景舒性知音，听百物之声，悉能占其灾福。尤善乐律，旧传有虞美人草，闻人作《虞美人曲》，则枝叶皆动，他曲不然。景舒试之，诚如所传，乃详其曲声曰："皆吴音也。"他日取琴，试用吴音制一曲，对草鼓之，枝叶亦动，乃谓之《虞美人操》，其声调与《虞美人曲》全不相近，始末无一声相似者，而草辄应之，与《虞美人曲》无异者，律法同管也。其知音臻妙如此。景舒进士及第，终于州县官。今《虞美人操》盛行于江湖间。人亦莫知其如何者为吴音。

【译文】

高邮人桑景舒生性懂得音乐，听到百物发出的声音，都能预测它的祸福。他特别精通音律。过去传说有一种虞美人草，听到人们演奏《虞美人曲》，连枝叶都摇动起来，然而其他曲子就不会有这样的效果。桑景舒试了一次，真如传说的那样。他在仔细了解这个曲子的音调后说："那都是吴地的音乐。"又一天，他拿来一张琴，试着用吴地音调创作一支曲子，对着虞美人草演奏，它的枝叶也摇动起来，就叫这曲子为《虞美人操》。那音调与《虞美人曲》完全不一样，从头到尾没有一个音符相似，但草还是有了反映，与演奏《虞美人曲》没有区别，音律调式乐器都相同，这草对音乐的领会竟达到了这样奇妙的程度。桑景舒中过进士，最终还是个州县官。现在《虞美人操》还盛行在长江太湖一带，但人们也不知道哪些是吴地的音调。

琵琶定弦

【原文】

前世遗事，时有于古人文章中见之。元稹诗有“琵琶宫调八十一,三调弦中弹不出”。琵琶共有八十四调，盖十二律各七均，乃成八十四调。稹诗言八十一调，人多不喻所谓。予于金陵丞相家得唐贺怀智《琵琶谱》一册，其序云：“琵琶八十四调，内黄钟、太蔟、林钟宫声弦中弹不出，须管色定弦。其余八十一调，皆以此三调为准，更不用管色定弦。”始喻稹诗言，如今之调琴，须先用管色合字定宫弦，乃以宫弦下生徵，徵弦上生商，上下相生，终于少商。凡下生者隔二弦，上生者隔一弦取之，凡弦声皆当如此。古人仍须以金石为准,《商颂》“依我磬声”是也。今人苟简，不复以弦管定声，故其高下无准，出于临时。怀智《琵琶谱》调格与今乐全不同。唐人乐学精深，尚有雅律遗法。今之燕乐，古声多亡，而新声大率皆无法度。乐工自不能言其义，如何得其声和。

【译文】

前世遗留下来的事情，有时能从古人的文章中见得到。元稹的诗中有“琵琶宫调八十一,三调弦中弹不出”。琵琶共有八十四调，因为十二律各有七韵，才构成八十四调。元稹诗中说八十一调，人们大多不懂是什么意思。我在金陵丞相家里找到一本唐代贺怀智的《琵琶谱》，书的序言说：“琵琶八十四调，其中黄钟、太蔟、林钟的宫声调琴弦上弹不出来，要用管色来定弦。其余八十一调，都以这三个调为基准，用不着再用管色来定弦了。”我这才知道元稹诗中说的是什么意思。像现在调琴，要先用管色合字定出宫弦，才好用宫弦向下定出徵弦，徵弦向上定出商弦，上下互相配合，在少商弦上结束。凡是往下定弦要隔两根弦，往上定弦隔一根弦。所有的弦乐器都应当这样。古人定弦还要用金石类乐器作标准，《诗经·商颂》中“依我磬声”就是这样。现在

的人马虎了事，不再用弦乐器、管乐器来定声调，所以它的高低没有标准，都是临时制定的。贺怀智《琵琶谱》的调格与现在的音乐完全不同。唐代人的音乐学识精深，还保存着雅律留传的法则。现在的燕乐，古代的音韵大多失传了，新的曲调又大都没有规矩。乐师们自己都不明白其中的道理，怎么能使声音和谐！

修正历法

【原文】

开元《大衍历法》最为精密，历代用其朔法。至熙宁中考之，历已后天五十余刻，而前世历官，皆不能知。《奉元历》乃移其闰朔，熙宁十年，天正元用午时，新历改用子时；闰十二月改为闰正月，四夷朝贡者用旧历，比来款塞。众论谓气至无显验可据，因此以摇新历。事下有司考定，凡立冬晷景，与立春之景相若者也，今二景短长不同，则知天正之气偏也。凡移五十余刻，立冬、立春之景方停，以此为验，论者乃屈。元会使人亦至，历法遂定。

【译文】

唐朝开元年间编修的《大衍历法》最为精密，历代都用它推算朔的方法。直到熙宁年间加以考核时历书中的节气已经比实际天象落后五十多刻了，然而前代的历官都不知道这点。于是《奉元历》更改了旧历中闰月和朔的时刻。熙宁十年，冬至的时间照旧历应在午时，新历改为子时；又将旧历的闰十二月改为正月，正月改为闰正月。而四周要来朝贡的少数民族沿用旧历，在新

历元旦快要来临的时候还没有前来拜贺。大家议论纷纷，认为节气到时却还没有明显的迹象可作验证，想借此推翻《奉元历》。于是皇帝将此事下交司天监审定。一般来说，立冬和立春两个节气中晷影的长短应该一样。现在这两个节气中晷影长短不一，可见历书上的冬至时刻与实际天象已经偏差开了。累计移动五十多刻后，立冬和立春的晷影才长短相当。用这个方法去验证新历，原来有意见的人也只得服输了。恰好元旦时四方朝贺的使节也到了，于是历法就确定了下来。

五 行 数

【原文】

《洪范》“五行”数，自一至五。先儒谓之此五行生数，各益以土数，以为成数。以谓五行非土不成，故水生一而成六，火生二而成七，木生三而成八，金生四而成九，土生五而成十，合之为五十有五。唯《黄帝素问》：土生数五，成数亦五。盖水火木金皆待土而成，土更无所待，故止一五而已。画而为图，其理可见。为之图者，设木于东，设金于西，火居南，水居北，土居中央，四方自为生数，各并中央之土以为成数。土自居其位，更无所并，自然止有五数，盖土不须更待土而成也。合“五行”之数为五十，则大衍之数也。此亦有理。

【译文】

《洪范》记载水、火、木、金、土五行的数字，是从一到五。前代的人士说这五行是生数的，是在五行各自原有的数上分别再加土数，就变成了一个新的数字。认为五行离开了土就不能生数，因此水生的一加上土生的五就成了六，火生的二加上土生的五就成了七，木生的三加上土生的五就成了八，金生的四加上土生的五就成了九，土生的五再加上土数就成了十，合起来就是五十五。唯独《黄帝素问》记载：土初生的数是五，最后生成的数也是五。因为水、火、木、金都要依靠土然后生成新数，土不需要依靠别的物质，因此只有五这一个数罢了。将它画成图，五行生数的原理就非常清晰明了。画图的时候，木画在东方，金画在西方，火位于南方，水位于北方，土位于中央。东西南北四方写上各自生的数目，分别加上中央土的数目生成新数。土自已居住在自己的位置，更没有别的数目可以相加，自然只有五这一个数，大概土没必要再靠土生成新数。这样，五行之数合起来共是五十，也就是所谓的“大衍之数”。这种说法也是有道理的。

斗建和岁差

【原文】

正月寅，二月卯，谓之“建”，其说谓斗杓所建。不必用此说。但春为寅卯辰，夏为巳午未，理自当然，不须因斗建也。缘斗建有岁差，盖古人未有岁差之法。《颛帝历》：“冬至日宿斗初。”今宿斗六度。古者正月斗杓建寅，今则正月建丑矣。又岁与岁合，今亦差一辰。《尧典》曰：“日短星昴。”今乃日短星东壁，此皆随岁差移也。

【译文】

正月北斗星斗柄指寅，二月指卯，叫作“建”，这一说法是由北斗星斗柄所指的方位得来的，其实是不必用这种说法来说。春季为寅、卯、辰，夏季为巳、午、未，本来是理所当然的，不必要根据斗柄所指的方位来说明。因为斗柄所指的方位有岁差的变化，而古人还未发现计算岁差的方法。《颛帝历》说：“冬至那天太阳停留在斗宿初度。”现在冬至那天太阳却停在斗宿六度。古时正月的斗柄指寅，现在正月的斗柄却指丑了。把古时和现在每月斗柄所指的方位一比较，现在也与过去相差了一个辰的时间。《尧典》说：“白天最短那天昴宿在天顶。”现在白天最短那天黄昏时却是壁宿在天顶，这都是随岁差引起的变化。

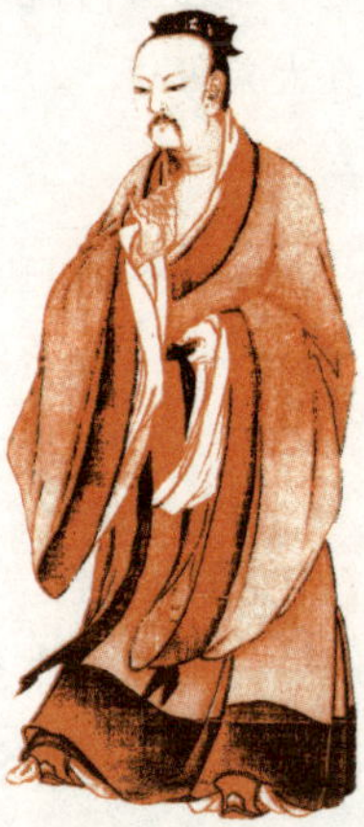

尧

落下闳历法

【原文】

《唐书》云："落下闳造历，自言'后八百年当差一算'，至唐一行僧出而正之。"此妄说也。落下闳历法极疏，盖当时以为密耳。其间阙略甚多，且举二事言之。汉世尚未知黄道岁差，至北齐张子信方候知岁差。今以今古历校之，凡八十余年差一度。则闳之历八十年，自已差一度。兼余分疏阔，据其法推气朔五星，当时便不可用，不待八十年，乃曰"八百年差一算"，太欺诞也。

【译文】

《唐书》说："落下闳编制历法时，自称'八百年后应该只差一日'。到唐代，一行和尚出来纠正了这个说法。"这是错误的记载。落下闳的历法非常粗糙，而在当时却认为是相当精确的，其中缺漏的地方很多，就举两个例子说说吧。汉代还不知道黄道岁差，到北齐张子信经过观察才知道有岁差这一事物。如今把现行历法与古代历法相比较，八十多年相差一度。那落下闳的历法，八十年就差一度了。再加上余分计算马虎，根据他的历法推算节气、朔日和五星运行，在当时就不能应用，不必等到八十年后，竟说"八百年有一日之差"，简直太荒诞了。

刻　漏

【原文】

古今言刻漏者数十家，悉皆疏缪。历家言晷漏者，自《颛帝历》至今见于世谓之"大历"者，凡二十五家。其步漏之术，皆未合天度。予占天候景，以至验于仪象，考数下漏，凡十余年，方粗见真数，成书四卷，谓之《熙宁晷漏》，皆非袭蹈前人之迹，其间二事尤微。一者，下漏家常患冬月水涩，夏月水利，以为水性如此，又疑冰澌所壅，万方理之，终不应法。予以理求之，冬至日行速。天运已期，而日已过表，故百刻而有余；夏至日行迟，天运未期，而日至表，故不及百刻。既得此数，然后复求晷景漏刻，莫不吻合。此古人之所未知也。二者，日之盈缩，其消长以渐，无一日顿殊之理。历法皆以一日之气短长之中者，播为刻分，累损益，气初日衰。每日消长常同；至交一气，则顿易刻衰，故黄道有觚而不圜，纵有强为数以步之者，亦非乘理用算，而多形数相诡。大凡物有定形，形有真数。方圜端斜，定形也；乘除相荡，无所附益，泯然冥会者，真数也。其术可以心得，不可以言喻。黄道环天正圜，圜之为体，循之则其妥至均，不均不能中规衡；绝之则有舒有数，无舒数则不能成妥。以圜法相荡而得衰，则衰无不均；以妥法相荡而得差，则差有疏数。相因以求从，相消以求负，从负相入，会一术以御日行。以言其变，则秒刻之间消长未尝同；以言其齐，则止用一衰，循环无端，终始如贯，不能议其隙。此圜法之微，古之言算者有所未知也。以日衰生日积，反生日衰，终始相求，迭为宾主，顺循之以索日变，衡别之求去极之度，合散无迹，泯如运规。非深知造算之理者，不能与其微也。其详具予奏议，藏在史官，及予所著《熙宁晷漏》四卷之中。

【译文】

古今谈论刻漏的有几十家，都是十分粗疏并多有错误的。历法家中谈到晷漏的，从《颛帝历》到现在，在现今能够看见的而称为官方颁行的历法，共有二十五家。它们测算刻漏的方法都不符合天象实际运行的度数。我观测了天象与日影，以至用浑仪浑象检验，用所得数据考核刻漏的下水量，经过十多年，才大致地测量出时间的准确数字。写成四卷书，叫作《熙宁晷漏》，都没有沿用前人的痕迹。其中有两件事最为精细：一件是一般研究刻漏的人往往担心冬天水不流畅、夏天水滑，以为水性本来是这样，又害怕冰屑会阻塞刻漏的通道，千方百计地调整刻漏，最后还是不符合标准。我按道理分析，冬至太阳运行得快，在天上还没有运行到一周，而刻漏表上的一天已经过了，所以这一天实际上超过一百刻；夏至太阳运行较慢，在天运行已经一周，而刻漏的表上一天还不到，所以这一天实际上不到一百刻。得到了这些数据，再去探求日影与刻漏所测的时间，它们都是完全吻合的。这是古人所不了解的；另一件是太阳运行时间的多少，它的增减有一个过程，没有在哪一天突然改变的道理。历法中都将一个节气中时间短长的平均值，表现为刻这样的单位，累积亏减和增长。在节气刚开始时时间一天天减少，而每天减少的时间都是相同的。到两个节气相交，就突然减少到刻。所以黄道有了棱角就不圆了。即使勉强凑成一个数来测算，也不会像依据常理运算那样，常常会出现实际测量和计算的数据不一致的情况。一般来说，物体总是有一定形状的，每一种形状都有相对应的数据。如方形、圆形、正方体、斜体，都是确定的形体，用乘、除等方法计算，不增加其他东西，结果全都暗暗相合，这也就是一定的数据。这些方法只可以用心去体会，不能用言语来说明。黄道环绕天体是一个正圆，圆是它的本体，依照圆来计算就会是稳妥平衡的，如果不平衡就不能用圆规来衡量。分开来看，太阳运行是有快慢之分的，没有快慢就不会平稳。用圆法计算会得到差，那差没有不是均等的；用稳妥的方法计算也会得到差，那差就会有大有小。经过相乘或相减的运算，把结果汇总起来，就可以得到一个公式来阐释太阳的运行规律。要说它的变化，那一秒一刻之间的增减并不相同；要说它的完整性，那只用一项差数，就可以循环往复没有端点，始终连贯地计算，不能有间断。这是圆法的精密之处，是古时推算天象的人并不了解的。由日差到日积差，反过来再变为日差，互相推求，互为宾主。依照这个规律去探求太阳运行的变化，比较其他方法求取日积的行程，综合分析毫无破绽，就会像运用圆规一样准确。要是不深刻了解运算的方法，就不能深入到它的精微之处。这些我都详细叙述在奏章中，收藏在史官那里，同时也写进了我的著作《熙宁晷漏》四卷里面。

日月的形状

【原文】

又问予以“日月之形，如丸邪，如扇也？若如丸，则其相遇岂不相碍？”予对曰：“日月之形如丸。何以知之，以月盈亏可验也。月本无光，犹银丸，日耀之乃光耳。光之初生，日在其傍，故光侧而所见才如钩，日渐远则斜照而光稍满。如一弹丸，以粉涂其半，侧视之，则粉处如钩；对视之，则正圜。此有以知其如丸也。日月气也，有形而无质。故相值而无碍。”

【译文】

官长又问我：“日月的形状，像圆球呢，还是像团扇呢？假如像圆球，那它们相遇时岂不是要相互阻碍吗？”我回答说：“日月的形状像圆球。我是怎么知道这一点的呢？从月亮的圆缺现象中可以验证。月亮本身不发光，就像一个银球，太阳照射它才有光。月光初现时，太阳在它的旁边，阳光从侧面照着它，所以看上去像个弯钩；太阳渐渐远了，斜照着月亮，月亮就渐渐圆起来了。比如一个圆球，用白粉涂掉它的一半，从侧面看，涂粉的地方像个弯钩；从正面看，就是一个正圆了。这就是我判断它们像圆球的依据。太阳、月亮都是气，有形状但没有实体，所以相遇时是不会相互妨碍的。”

物理有常有变

【原文】

医家有五运六气之术，大则候天地之变，寒暑风雨，水旱螟蝗，率皆有法；小则人之众疾，亦随气运盛衰。今人不知所用，而胶于定法，故其术皆不验。假令厥阴用事，其气多风，民病湿泄，岂溥天之下皆多风，溥天之民皆病湿泄邪？至于一邑之间，而旸雨有不同者，此气运安在？欲无不谬，不可得也。大凡物理有常有变，运气所主者常也，异夫所主者皆变也。常则如本气，变则无所不至，而各有所占，故其候有从、逆、淫、郁、胜、复、太过、不足之变，其发者不同。若厥阴用事，多风，而草木荣茂，是之谓“从”；天气明洁，燥而无风，此之谓“逆”；太虚埃昏，流水不冰，此之谓“淫”；大风折木，云微浊扰，此之谓“郁”；山泽焦枯，草木凋落，此之谓“胜”；大暑燔燎，螟蝗为灾，此之谓"复"；山崩地震，埃昏时作，此之谓"太过"；阴森无时，重云昼昏，此之谓"不足"；随其所变，疾厉应之，皆视当时当处之候，虽数里之间，但气候不同，而所应全异，岂可胶于一定。熙宁中，京师久旱，祈祷备至，连日重阴，人谓必雨，一日骤晴，炎日赫然，予时因事入对，上问雨期，予对曰："雨候已见，期在明日。"众以谓频日晦溽，尚且不雨，如此旸燥，岂复有望？次日，果大雨。是时湿土用事，连日阴者，"从气"已效，但为"厥阴"所胜，未能成雨。后日骤晴者，"燥金"入候，"厥阴"当折，则"太阴"得伸，明日运气皆顺，以是知其必雨。此亦当处所占也。若他处候别，所占亦异。其造微之妙，间不容发。推此而求，自臻至理。

【译文】

医家有五运六气的学说，大可以大到观测天地的变化，以及寒暑风雨乃至洪水、干旱、螟虫、蝗虫等灾害，这些都是有规律可循的；小可以小到人的各类疾病，也是随着气运的盛衰变化而变化的。今人不懂得灵活运用，却固守现有的法则套式，所以他们的方法都不灵验。假使现在厥阴起着主导作用，那么气象就是多风，人容易得腹泻之类的疾病，可是怎能说普天下都多风，普天下的人都腹泻呢？即使是一个地区内，天晴下雨的情况也不相同，这时气运的主导作用又在哪里呢？死守教条而想不出错，是不可能的。一般来说，万物的生长变化都有一定的规律性和变通性，运气主宰的是有规律的现象，不同于运气起主导作用的因素就都是变。规律性和起主导作用的运气一致的，而变通性却是千差万别的，是各自有各自的表现的。因此它们的征候有从、逆、淫、郁、胜、复、太过、不足等多种变化，它们的起因也各不相同。如果厥阴起主导作用，那么气象多风，因而草木繁荣茂盛，这就叫"从"‘；如果厥阴起主导作用，可是天气晴朗，干燥无风，这就叫"逆"；沙尘遮天蔽日，流水不能结冰，这就叫"淫"；大风刮断树木，乌云满天翻滚，这就叫"郁"；山川河泽干涸，草木凋零败落，这就叫"胜"；天热如火，螟蝗成灾，这就叫"复"；山崩地震，风沙满天，这就叫"太过"；天阴不知早晚，浓云使白天变得昏暗，这就叫"不足"。这些变化一出现，疾病就跟着发生，这都要看当时当地的实际情况。虽然相隔只有几里，但是气候不同，其结果也完全不同，怎能拘泥于一定的框架呢？熙宁年间，京城长时间干旱，求雨的方法都用尽了，后来连续几天都是阴天，人们都说这次一定要下大雨。有一天又突然放晴，烈日当空。当时我因为有事朝见皇上，皇上问什么时候下雨，我说：“下雨的征候已经出现，时间就在明天。”大家认为连日阴暗潮湿，尚且没有下雨，如今烈日炎炎，难道还会再有下雨的希望？第二天果然下了大雨。当时湿土起着主导作用，连日阴天，从气已经开始见效，只是被厥阴之气克制，没有形成雨。后来突然出现晴天，是燥金之气出现，厥阴之气受阻，太阴之气伸展开来，到第二天气运都顺畅了，因此推断有雨。这就是根据当时当地的实际情况做出的推测。如果在别的地方，征候不是相同的，推出的结果也会不同。要推测自然界内部规律变化的奥妙，是不能有丝毫偏差的。按照这个道理去探索，自然会达到认识自然规律的境界。

纳甲之法

【原文】

《易》有“纳甲”之法，未知起于何时。予尝考之，可以推见天地胎育之理。乾纳甲壬，坤纳乙癸者，上下包之也。震、巽、坎、离、艮、兑纳庚、辛、戊、己、丙、丁者，六子生于乾、坤之包中，如物之处胎甲者。左三刚爻，乾之气也；右三柔爻，坤之气也。乾之初爻交于坤生震，故震之初爻纳子午；乾之初爻子午故也。中爻交于坤生坎，初爻纳寅申；震纳子午，顺传寅申，阳道顺。上爻交于坤生艮，初爻纳辰戌。亦顺传也。坤之初爻交于乾生巽，故巽之初爻纳丑未；坤之初爻丑未故也。中爻交于乾生离，初爻纳卯酉；巽纳丑未，逆传卯酉，阴道逆。上爻交于乾生兑，初爻纳巳亥。亦逆传也。乾、坤始于甲乙，则长男长女乃其次，宜纳丙丁；少男少女居其末，宜纳庚辛。今乃反此者，卦必自下生，先初爻、次中爻，末乃至上爻。此《易》之叙，然亦胎育之理也。物之处胎甲，莫不倒生，自下而生者卦之叙，而冥合造化胎育之理。此至理合自然者也。凡草木百谷之实皆倒生，首系于干，其上抵于颖处反是根。人与鸟兽生胎，亦首皆在下。

【译文】

《周易》有“纳甲”的法则，但何时开始的却是未知的。我曾经考证过，从这里可以推见天地生长变化的道理。乾纳甲壬，坤纳乙癸，就是上下包起来。震、巽、坎、离、艮、兑纳庚、辛、戊、己、丙、丁，这六子是从乾、坤的包中生的，就好像物体是包含在胎体中似的。左三刚爻，是乾的气；右三柔爻，是坤的气。乾的初爻同坤相交生震，所以震的初爻纳子午；乾的初爻就是子午的缘故。中爻同坤相交生坎，初爻纳寅申中；震纳子午，顺次传到寅申，阳道就顺。上爻同坤相交生艮，初爻纳辰戌。也是顺次相传。坤的初爻同乾相交生巽，所以巽的初爻纳丑未；坤的初爻就是丑未的缘故。中爻同乾相交生离，初爻纳卯酉；巽纳丑未，逆向传到卯酉，阴道就逆。上爻同乾相交生兑，初爻纳巳亥。也是逆向相传。乾、坤从甲乙开始，那么长男长女是其次，适宜纳丙丁；少男少女处在最后，适宜纳庚辛。现在竟与这相反，卦一定会从下面生，首先是初爻，其次是中爻，最后才到上爻。这是《周易》的顺序，当然也是孕育的道理。物体处在胎壳中，没有不是倒生的，从下至上就是卦的顺序，却暗合了自然孕育的道理。这种精到的道理是与自然相合的。大凡草木五谷杂粮的果实都是倒生的，头部系在主干上，它上面连到梢子部分的反而是根。人与鸟兽生的胎，头也是先在下方的。

论卜筮

【原文】

今之卜筮，皆用古书，工拙系乎用之者，唯其寂然不动，乃能通天下之故，人未能至乎无心也。则凭物之无心者而言之，如灼龟璺瓦，皆取其无心，则不随理而震，此近乎无心也。

【译文】

现在人占卜事物，都是用的古书，用得巧和不巧关系到用的人。唯独是因为其寂静不动，才能通晓天下的事物，人不能到达的那种无心的境界。而就无心的事物来说，如烧灼龟甲磨制瓦片，都是取自它的无心，并不依照它的纹理而震动，这就接近无心了。

改进铜浑仪

【原文】

司天监铜浑仪，景德中历官韩显符所造，依仿刘曜时孔挺、晁崇、斛兰之法，失于简略。天文院浑仪，皇祐中冬官正舒易简所造，乃用唐梁令瓒、僧一行之法，颇为详备，而失于难用。熙宁中，予更造浑仪，并创为玉壶、浮漏、铜表，皆置天文院，别设官领之。天文院旧铜仪，送朝服法物库收藏，以备讲求。

【译文】

司天监的铜浑仪，是历官韩显符在景德年间制造的，他参照刘曜时代孔挺、晁崇、斛兰的制造方法，缺点是太简略。天文院中的浑仪，是冬官正舒易简在皇祐年间制造的，他采用唐梁令瓒和僧一行的方法制造，十分完备周密，但因为太过难用而失于流传。熙宁年间，我改造浑仪，还创新了玉壶、浮漏以及铜制圭表，都放在天文院中，专门委派官员管理。天文院中旧的铜浑仪，送到朝服法物库中收藏起来，以便研究时参考。

中 允 亭

【原文】

武昌张谔好学能议论，常自约仕至县令，则致仕而归。后登进士第，除中允。谔于所居营一舍，榜为中允亭，以志素约也。后谔稍稍进用，数年间，为集贤校理、直舍人院、检正中书五房公事、判司农寺，皆要官，权任渐重。无何，坐事夺数官，归武昌，未几捐馆，遂终于太子中允，岂非前定。

【译文】

武昌人张谔好学并善于辩论，曾经立志做到县令后就辞官过隐居的生活。后来考中进士，担任太子中允。他在住处修建了一间屋，题匾称“中允亭”，用来表示不忘原先的誓言。后来张谔步步高升，几年之间，历任集贤院校理、直舍人院、检正中书五房公事、判司农寺，全是显要官职，权位渐渐升高。可是没过多长时间，张谔因犯罪被免去几级官职，回到武昌，很快去世，死时的官职还是太子中允。这难道不是命中注定的吗？

打关节秀才

【原文】

许怀德为殿帅，尝有一举人，因怀德乳媪求为门客，怀德许之。举子曳襕拜于庭下，怀德据座受之。人谓怀德武人不知事体，密谓之曰：“举人无没阶之礼，宜少降接也。”怀德应之曰：“我得打乳媪关节秀才，只消如此待之”。

【译文】

许怀德任殿前都指挥使时，曾有一个举人，凭借着许怀德乳母的关系，恳求收他做门客，许怀德同意了。举人拖拉着衣衫在堂前阶下行礼，许怀德高坐着安然接受。有人认为许怀德不懂得事体规矩，便悄悄告诉他说：“举人没有这种在阶下行礼的礼节，应当稍稍下阶相迎。”许怀德回答说：“我得到一个打乳母关节的秀才，只需这样对待他。”

夏竦食钟乳

【原文】

夏文庄性豪侈，禀赋异于人，才睡即身冷而僵，一如逝者，既觉，须令人温之，良久方能动。人有见其陆行，两车相连，载一物巍然，问之，乃绵帐也，以数千两绵为之。常服仙茅、钟乳、硫黄，莫知纪极。晨朝每食钟乳粥，有小吏窃食之，遂发疽，几不可救。

【译文】

夏竦性情豪放，禀赋不同于一般人，刚刚入睡就全身发冷而僵硬，好像死人一样。睡醒后，必须让人加温，过很长时间才又能活动。有人看见他在路上行走，把两辆车连在一起，载着一个庞然大物，问他是什么东西，回答说是绵帐，用数千两绵做成。他经常服食仙茅、钟乳和硫磺，而且吃个没完没了。早晨他常常进食钟乳粥，有个小官偷吃后，便长痈疽，差点失了性命。

贵人知人

【原文】

古人谓贵人多知人，以其阅人物多也。张邓公为殿中丞，一见王东城，遂厚遇之，语必移时。王公素所厚唯杨大年，公有一茶囊，唯大年至，则取茶囊具茶，他客莫与也。公之子弟，但闻取茶囊，则知大年至。一日，公命取茶囊，群子弟皆出窥大年，及至，乃邓公。他日，公复取茶囊，又往窥之，亦邓公也。子弟乃问公："张殿中者何人，公待之如此？"公曰："张有贵人法，不十年当据吾座。"后果如其言。又文潞公为太常博士，通判兖州，回谒吕许公，公一见器之，问潞公："太博曾在东鲁，必当别墨。”令取一丸墨濒阶磨之，揖潞公就观：“此墨何如？”乃是欲从后相其背。既而密语潞公曰：“异日必大贵达。”即日擢为监察御史，不十年入相。潞公自庆历八年登相，至七十九岁，以太师致仕，凡带平章事三十七年，未尝改易，名位隆重，福寿康宁，近世未有其比。

【译文】

古人说地位高贵的人比较了解人，因为他们见过的人和事很多。张士逊做殿中丞时，一见到王东城，就受到很高的待遇，一起谈了好长时间。王东城向来对杨亿有很高的评价，他有一个茶叶袋，只有杨亿到来，才拿茶叶袋准备茶水，其他客人是不会有这样待遇的。他家的年轻后辈只要听到拿茶叶袋，就知道是杨亿到了。有一天，他叫拿茶叶袋，年轻人都出来偷看杨亿，等人到了，却是张士逊。另一天，他又叫拿茶叶袋，年轻人再去偷看，还是张士逊。这些年轻人就问他：“张殿中是什么人，您要这样对待他？”王东城说：“张士逊有贵人的样子，不出十年应会坐到我这样的位置上来。”后来果然像他说的那样。另外，文彦博当太常博士时，担任兖州通判，回拜吕夷简，吕夷简一见就器重他，问他说：“太博曾在东鲁呆过，一定能区别墨的质量。”就让人拿一块墨到台阶边磨，恭请文彦博走近去看，问：“这墨怎么样？”其实是想从后面观察文彦博的背部。过一会儿悄悄对文彦博说：“您日后一定会非常高贵、大为发达。”当天文彦博被提升为监察御史，不到十年又当了丞相。文彦博从庆历八年当上丞相，到七十九岁，以太师的身份退休，总共任平章事三十七年，不曾有变化，名位高贵，福寿安康，近代以来没有能与他相比的。

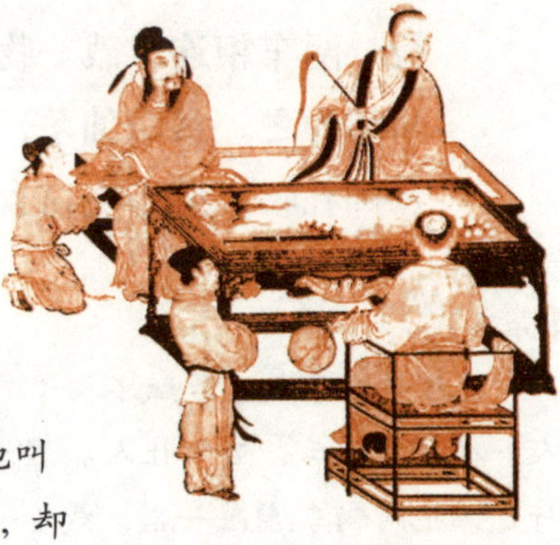

王旦宽厚

【原文】

王文正太尉局量宽厚，未尝见其怒。饮食有不精洁者，便不食而已。家人欲试其量，以少埃墨投羹中，公唯啖饭而已。家人问其何以不食羹？曰："我偶不喜肉。"一日，又墨其饭，公视之曰："吾今日不喜饭，可具粥。"其子弟诉于公曰："庖肉为饔人所私，食肉不饱，乞治之。"公曰："汝辈人料肉几何？"曰："一斤；今但得半斤食，其半为饔人所廋。"公曰："尽一斤可得饱乎？"曰："尽一斤固当饱。"曰："此后人料一斤半可也。"其不发人过皆类此。尝宅门坏，主者彻屋新之，暂于廊庑下启一门以出入。公至侧门，门低，据鞍俯伏而过，都不问。门毕，复行正门，亦不问。有控马卒岁满辞公，公问："汝控马几时？"曰："五年矣。"公曰："吾不省有汝。"既去，复呼回曰："汝乃某人乎？"于是厚赠之，乃是逐日控马，但见背，未尝视其面，因去，见其背方省也。

【译文】

太尉王旦为人胸襟宽阔，人们不曾见他发过脾气动过怒。饮食如果不精细不干净的话，不过是不吃罢了。他家里人想试一试他的气量，把一点点墨粉放到汤中，先生只是吃饭而已。家里人问他为什么不喝汤，他说："我有时不想吃肉。"有一天，又把墨放到他的饭里，先生看了看说："我今天不喜欢饭，可以准备一点粥。"他家里的年轻后辈告诉他说："厨房的肉被厨师偷吃了，我们吃不饱肉，请惩罚一下厨师。"先生说："你们这些人估计要吃多少肉？"他们说："一斤。现在只能吃半斤，另外半斤被厨师藏起来了。"先生问："整整一斤可以吃饱吗？"回答说："整整一斤应当可以吃饱。"他说："以后按每个人估算一斤半就可以了。"他就是像这样不揭露别人的过错。曾有一次他住宅的门坏了，管家把整个屋里的门都换新的，暂时在走廊边开一张门用来出进。先生到了旁边的这张门，门很低，便伏下身贴着马鞍过去，完全不怪罪。门换好后，又走正门，也不管。有个驾马的士兵年限满了向先生告辞，先生问他："你驾马多长时间了？"回答说："五年了。"先生说："我不记得有你。"他走了以后，王旦又叫他回来说："你就是某某人吗？"于是送给他许多财物。原来是每天驾马，王旦只见他的背，不曾见过他的面，到他离开时，当见到他的背时才记起来。

副使贪财

【原文】

李士衡为馆职，使高丽，一武人为副。高丽礼币赠遗之物，士衡皆不关意，一切委于副使，时船底疏漏，副使者以士衡所得缣帛藉船底，然后实己物以避漏湿。至海中，遇大风，船欲倾覆，舟人大恐，请尽弃所载，不尔船重必难免。副使仓惶悉取船中之物投之海中，更不暇拣择。约投及半，风息船定，既而点检所投，皆副使之物，士衡所得在船底，一无所失。

【译文】

李士衡在三馆任职，出使高丽，一名武官任副使。高丽赠送的钱物等礼品，李士衡都不在意，全部交给了副使。当时船底漏水，副使用李士衡得到的丝绢垫在船底，然后再放自己的礼物来避免漏水打湿。船到海里，遇到大风，船就要翻了，水手十分惊恐，要求尽量把船上物品都扔进海里，否则船太重必定翻沉。副使慌忙将船上的物品投到海里，没时间去挑拣。大约将物品丢到一半时，风平船定。接着查点丢弃的物品，全是副使的东西，李士衡所得之物在船底，没有丢掉一件。

举人群见

【原文】

旧制：天下贡举人到阙，悉皆入对。数不下三千人，谓之“群见”。远方士皆未知朝廷仪范，班列纷错，有司不能绳勒。见之日，先设禁围于著位之前，举人皆拜于禁围之外，盖欲限其前列也。至有更相抱持，以望黼座者。有司患之，近岁遂止令解头入见，然尚不减数百人。嘉祐中，予忝在解头，别为一班，最在前列。目见班中，唯从前一两行，稍应拜起之节，自余亦终不成班缀而罢，每为阁门之累。常言殿庭中班列不可整齐者，唯有三色：谓举人、蕃人、骆驼。

【译文】

过去的制度是，天下进贡的举人到京城时，全都要进入朝廷应诏答对，人数不下三千，叫作“群见”。边远地方的读书人都不懂朝廷的礼法规范，排列错杂无序，官员们不能约束抑制。“群见”的那一天，官员们先在朝位的前面设置禁入的围栏，举人都在围栏的外面跪拜，这是为了限制他们向前排列。更有人互相牵拉，以便能够看到皇帝的宝座。官员们担心这事，近年来就仅仅让乡试第一名的解元进见，但还是不少于几百人。嘉祐年间，我愧到解元之中，另外成为一排，站在最前列。我看见队列中只有从前面起的一、二行略为符合跪拜起立的礼节，其余的还终于排不成行连不成列就结束了，这常常成为内阁门中的负担。常言说朝廷上排列不可能整齐的，只有三种：举人、外国人和骆驼。

王安石拒受馈赠

【原文】

王荆公病喘，药用紫团山人参，不可得，时薛师政自河东还，适有之，赠公数两，不受。人有劝公曰：“公之疾，非此药不可治。疾可忧，药不足辞。”公曰：“平生无紫团参，亦活到今日。”竟不受。公面黧黑，门人忧之，以问医，医曰：“此垢汗，非疾也。”进澡豆令公颒面，公曰：“天生黑于予，澡豆其如予何！”

【译文】

王安石

王安石患哮喘病，要用紫团山的人参做药，但无处可得。当时薛向从河东回来，正好有这种人参，赠送给王安石几两，王安石不接受。有人劝王安石说：“先生的病，没有这种药不能治。有病值得忧虑，药不必推辞。”王安石说：“我一辈子没有用过紫团山的人参，也活到了今天。”最终也没有接受。他的脸色青黑，门人很担忧，去问医生，医生说：“这是污垢，不是病。”医生进献澡豆让王安石洗脸，王安石说：“天生我一副黑脸，澡豆对我能怎么样！”

晏殊质朴

【原文】

晏元献公为童子时，张文节荐之于朝廷，召至阙下，适值御试进士，便令公就试。公一见试题，曰：“臣十日前已作此赋，有赋草尚在，乞别命题。”上极爱其不隐。及为馆职，时天下无事，许臣僚择胜燕饮，当时侍从文馆士大夫各为燕集，以至市楼酒肆，往往皆供帐为游息之地。公是时贫甚，不能出，独家居与昆弟讲习。一日选东宫官，忽自中批除晏殊。执政莫谕所因，次日进覆，上谕之曰：“近闻馆阁臣僚，无不嬉游燕赏，弥日继夕，唯殊杜门与兄弟读书，如此谨厚，正可为东宫官。”公既受命，得对，上面谕除授之意，公语言质野，则曰：“臣非不乐燕游者，直以贫无可为之具。臣若有钱，亦须往，但无钱不能出耳。”上益嘉其诚实，知事君体，眷注日深。仁宗朝，卒至大用。

【译文】

晏殊还是少年的时候，张知白向朝廷推荐了他，皇上叫他到了殿庭，恰好赶上皇上亲自考试进士，就让他参加考试。晏殊一见到考题，就说：“十天前我已经写了这篇赋，草稿还在，请求另外命题。”皇上对晏殊的坦白十分喜爱。到晏殊在馆阁中任职的时候，天下太平，皇上允许大臣们挑选好地方宴饮作乐。当时在馆阁供职的士大夫，纷纷摆酒设宴，以至于楼阁酒馆都陈设了帷帐，成了士大夫们游乐休息的地方。晏殊那时非常贫寒，无法外出游乐，独自留在家中，与兄弟读书学习。有一天朝廷挑选东宫官员，忽然从宫中批准任命晏殊，宰执大臣不明白其中缘由，第二天进宫回复，皇上告诉他说：“近来听说馆阁中臣僚无不宴饮游乐，夜以继日，只有晏殊闭门与兄弟一起读书。这样谨严厚重的人，正该做东宫官。”晏殊接受任命后，轮到他进宫应对，皇上当面向他讲了任命他的原因。晏殊的对答质朴无华，他说：“我也并非是不喜欢宴饮游乐的人，只是因为贫寒而无法去玩。我要是有钱，也一定会去。我只不过缺钱不敢出去罢了。”皇上对他的诚实更加欣赏，他懂得侍奉君主的体统，对他的宠爱逐渐加深。在仁宗朝时，晏殊终于得到了重用。

石延年饮酒

【原文】

石曼卿喜豪饮，与布衣刘潜为友，尝通判海州，刘潜来访，曼卿迎于石闼堰，与潜剧饮，中夜酒欲竭，顾船中有醋斗余，乃倾入酒中并饮之。至明日，酒醋俱尽。每与客痛饮，露发跣足，著械而坐，谓之“囚饮”。饮于木杪，谓之“巢饮”。以稿束之，引首出饮，复就束，谓之“鳖饮”；夜饮酒于空屋，谓之“徒饮”；躲而饮，毕复藏，谓之“鬼饮”。其狂纵大率如此。廨后为一庵，常卧其间，名之曰“扪虱庵”。未尝一日不醉，仁宗爱其才，尝对辅臣言，欲其戒酒。延年闻之，因不饮，遂成疾而卒。

【译文】

石延年喜欢纵情饮酒，平民刘潜是他的朋友。石延年曾任海州通判，刘潜前来拜访，石延年赶到石闼堰去迎接，就同刘潜痛饮起来。喝到半夜酒快完了，看到船中有醋一斗多，便倒进酒中一起喝。到第二天，酒和醋全都喝光了。石延年每逢同客人狂饮的时候，总是散露头发光着脚丫，戴着木枷坐着喝酒，他说这是“囚饮”；有时坐在树梢上喝酒，他称为“巢饮”；又用稻草裹起身子，伸出头来喝口酒，随即又缩回草中，他称为“鳖饮”；晚上将酒放在空空的屋子中喝，他称为“徒饮”；在四周躲起来，时不时跑出来喝口酒，喝完又去躲藏，他说这是“鬼饮”。他大抵就这样狂放不羁。他在官署后面修了一座小房，常常睡在里面，取名叫“扪虱庵”。石延年没有哪天不喝醉，宋仁宗对他的才华十分喜爱，曾对身边的大臣说过，想让他戒酒。石延年听说后就不喝酒了，因此生病死去。

朱 孝 子

【原文】

朱寿昌，刑部侍郎巽之子，其母微，寿昌流落贫家，十余岁方得归，遂失母所在，寿昌哀慕不已，及长，乃解官访母，遍走四方，备历艰难，见者莫不怜之。闻佛书有水忏者，其说谓欲见父母者，诵之当获所愿，寿昌乃昼夜诵持，仍刺血书忏，摹板印施于人，唯愿见母，历年甚多。忽一日至河中府，遂得其母，相持恸绝，感动行路，乃迎以归，事母至孝。复出从仕，今为司农少卿。士人为之传者数人，丞相荆公而下，皆有《朱孝子诗》数百篇。

【译文】

朱寿昌是刑部侍郎朱巽的儿子，在母亲贫困潦倒时，他流落到贫苦人家，返回故乡时已经十多岁了，却不知道母亲到哪里去了，朱寿昌心中悲哀思念不能自已。等到长大成人，他便放弃官职寻找母亲，走遍四面八方，历尽艰难辛苦，见到他的人都很同情他。朱寿昌听说佛教书中有水忏的方法，说是想见父母的人，只要口中念诵佛书就会如愿以偿。于是他就捧读念诵不分昼夜，还刺破手指用血抄录佛书，又刻板印刷后送给别人，只求找到母亲，这样过了很多年。有一天他到河中府，终于找到了母亲，母子相扶悲恸欲绝，路过的人都受到感动。于是迎接母亲回家，侍奉母亲极为孝顺。后来朱寿昌又出来做官，现在担任司农少卿。士大夫中有好几人为他写传记，丞相王安石以下官员写的《朱孝子诗》共有几百篇。

朱寿昌弃官寻母

刘廷式不负婚约

【原文】

朝士刘廷式本田家，邻舍翁甚贫，有一女，约与廷式为婚，后契阔数年，廷式读书登科，归乡间访邻翁，而翁已死，女因病双瞽，家极困饿，廷式使人申前好，而女子之家辞以疾，仍以佣耕，不敢姻士大夫。廷式坚不可，与翁有约，岂可以翁死子疾而背之，卒与成婚。闺门极雍睦，其妻相携而后能行，凡生数子。廷式尝坐小谴，监司欲逐之，嘉其有美行，遂为之阔略。其后廷式管干江州太平宫，而妻死，哭之极哀。苏子瞻爱其义，为文以美之。

【译文】

朝廷官员刘廷式，农家子弟出身。邻居一位老翁很贫穷，有个女儿，与刘廷式定了婚约。后来分别多年，刘廷式读书考中进士，返回乡里，拜访邻居老翁。但老翁已死，他的女儿因病双目失明，家中十分穷困。刘廷式派人去请求履行婚约，但女子家人以有病来推托，再加上受雇为人种田，因此不敢同士大夫联姻。刘廷式坚决不同意，认为："与老翁有约在先，怎么能因为老翁死了、女子有病就背弃婚约呢！"最终和那个女子成了婚。夫妻二人和和睦睦，他的妻子行走必须要被牵着才行，一共生下几个子女。刘廷式曾因小过而受处分，监察官本想斥逐他，却赞赏他的德行美好，因此就宽恕了他。后来刘廷式主管江州太平宫，妻子病死，他哭得极其哀伤。苏轼很欣赏刘廷式的信义，写了称颂他的文章。

索要回信

【原文】

蒋堂侍郎为淮南转运使日，属县例致贺冬至书，皆投书即还，有一县令使人，独不肯去，须责回书，左右谕之，皆不听，以至呵逐，亦不去，曰："宁得罪，不得书不敢回邑。”时苏子美在坐，颇骇怪，曰：“皂隶如此野狠，其令可知。”蒋曰：“不然。审必健者，能使人不敢慢其命令如此。”乃为一简答之，方去。子美归吴中月余，得蒋书曰：“县令果健者。”遂为之延誉，后卒为名臣。或云，乃天章阁待制杜杞也。

【译文】

侍郎蒋堂担任淮南转运使时，下属各县照例送信祝贺冬至，大都是将信送到就回去了，有一个县令的送信人，却偏偏不肯走，一定要求回封信，蒋堂身边的人劝告他，都不听，以至呵斥他、赶他，也不离开，说：“宁可得罪大人，不拿到信不敢回县里去。”当时苏舜钦在座，感到非常奇怪，说：“差役这样的野蛮厉害，那县令也可以想见了。”蒋堂说：“不对。细想一下那县令一定是个强有力的人，能像这样使人不敢轻慢他的命令。”就写了一封信回答他，那送信人才离去。苏舜钦回到吴中一个多月后，收到蒋堂的信说：“那个县令果然是个有才能的人。”于是替他传扬声誉，最终那县令成了名臣。有人说，那县令就是天章阁待制杜杞。

李余庆临死除奸

【原文】

国子博士李余庆知常州，强于政事，果于去恶，凶人恶吏，畏之如神。末年，得疾甚困，有州医博士多过恶，常惧为余庆所发，因其困，进利药以毒之，服之洞泄不已，势已危。余庆察其奸，使人扶舁坐厅事，召医博士杖杀之，然后归卧，未及席而死。葬于横山，人至今畏之，过墓者皆下马。有病疟者，取墓土著床席间，辄差。其敬惮之如此。

【译文】

国子博士李余庆担任常州知州，处理政事十分有力。清除坏人果敢，恶人酷吏畏惧他如同畏惧神明一样。晚年他得了病十分痛苦，有个州医博士存在许多过错劣迹，常常害怕被李余庆发觉，趁他痛苦时，送上泻药来毒害他。李余庆服药后腹泻不止，病势危急。他察觉那个医博士的奸诈，让人扶抬他坐到厅堂办理公务，将医博士召来，用木棒打死，然后回去睡，还没到席上就死了，葬在横山。人们至今畏惧他，经过他的坟墓都下马。有患疟疾的人，取他坟墓的土放在床席之间，病就好了。都敬畏到了如此地步。

飞鹤报讯

【原文】

林逋隐居杭州孤山，常畜两鹤，纵之则飞入云霄，盘旋久之，复入笼中。逋常泛小艇，游西湖诸寺，有客至逋所居，则一童子出应门，延客坐，为开笼纵鹤，良久，逋必棹小船而归，盖尝以鹤飞为验也。逋高逸倨傲，多所学，唯不能棋。常谓有曰："逋世间事皆能之，唯不能担粪与著棋。"

【译文】

林逋在杭州孤山隐居，经常养着两只鹤，放开它们就飞入云霄，盘旋了很久之后，再进笼子里。林逋常常驾着小船，游览西湖各个寺庙，有客人到了林逋住的地方时，就有一个童子出来接待，请客人坐下，再打开笼子放鹤出去，过不多久，林逋必定摇着小船回来，大概是曾经让鹤飞来传出消息吧。林逋超脱高傲，学问很广，唯独下棋不会。他常常对人说："我林逋世上的事都会，只是不会挑粪与下棋。"

林 逋

范仲淹忠告同僚

【原文】

庆历中，有近侍犯法，罪不至死，执政以其情重，请杀之，范希文独无言，退而谓同列曰："诸公劝人主法外杀近臣，一时虽快意，不宜教手滑。”诸公默然。

【译文】

庆历年间，有个近臣犯了法，罪行没有到处死的地步。可是执政大臣们认为情节严重，请求处以死刑。只有范仲淹不发一言，退朝后他告诉同僚说：“诸公请求皇上不依法处死近臣，虽然一时痛快，却不该教皇上这样手滑乱杀人啊。”同僚听后默默无语。

陈恕改茶法

【原文】

世称陈恕为三司使，改茶法，岁计几增十倍。予为三司使时，考其籍，盖自景德中北戎入寇之后，河北籴便之法荡尽，此后茶利十丧其九。恕在任，值北虏讲解，商人顿复，岁课遂增。虽云十倍之多，考之尚未盈旧额。至今称道，盖不虞之誉也。

【译文】

世人都说陈恕担任三司使时，将茶法进行了改进，使一年的茶税收入增加了十倍。我任三司使时，考查从前的账簿，大概从景德年间契丹入侵中原以后，河北的赋税收入荡然无存，此后茶税收入也丧失了十分之九。陈恕任三司使时，正好朝廷与契丹讲和，茶叶买卖商人重操旧业，赋税收入随即增加。虽说增值多达十倍，但是查看具体数字仍然不多于战乱以前。陈恕的事直到现在还受人称道，这种荣誉大概是始料不及的吧。

三　说　法

【原文】

世传算茶有“三说法”最便。“三说”者，皆谓见钱为一说，犀牙香药为一说，茶为一说。深不然也。此乃“三分法”耳。谓缘边入纳粮草，其价折为三分，一分支现钱，一分折犀象杂货，一分折茶。尔后又有并折盐为“四分法”，更改不一，皆非“三说”也。予在三司，求得“三说”旧案。“三说”者，乃是三事：博籴为一说，便籴为一说，直便为一说。其谓之“博籴”者，极边粮草，岁入必欲足常额，每岁自三司抛数下库务，先封椿见钱、紧便钱、紧茶钞。紧便钱谓水路商旅所便处。紧茶钱谓上三山场榷务。然后召人入中。“便籴”者，次边粮草，商人先入中粮草，乃诣京师算请慢便钱、慢茶钞及杂货。“慢便钱”谓道路货易非便处。“慢茶钞”谓下三山场榷务。“直便”者，商人取便于缘边入纳见钱，于京师请领。三说先博籴数足，然后听便籴及直便，以此商人竞趋争先赴极边博籴，故边粟常充足，不为诸郡分裂，粮草之价，不能翔踊，诸路税课，亦皆盈衍，此良法也。予在三司，方欲讲求，会左迁，不果建议。

【译文】

世人相传折算茶钱最便利的有三说法，所谓三说：通常指现钱为一说，犀牙、香药为一说，茶是一说，其实完全不是这样，这只是三分法罢了。实际指在沿边地区入纳粮草，所得款项折合为三分：一分付现钱，一分折合成犀象杂货，一分折合成茶叶。后来又连同折盐一起称为四分法。虽然改来改去，但三说都不是这些。我在三司时，找到了三说的旧记录。三说其实是三件事：博籴为一种，便籴为一种，直便为一种。所谓博籴，就是边远地区的粮草，每年收购必定要达到一定的数额，这个数额每年由三司下达库务司，预先将现钱、紧便钱、紧茶钞准备足，紧便钱指在水路商旅来往方便的地方换取货物的凭证；紧茶钞指到上三山场榷务领取茶叶的凭证，然后召集商人前去交易；便籴就是靠近沿边地区的粮草，由商人先送去交易，然后到京城计算领取慢便钱、慢茶钞和杂货。慢便钱指在不便于交易的地方换取货物的凭据；慢茶钞指在下三山场榷务领取茶叶的凭证；直便就是商人图取方便，在沿边地区直接以现钱交付，然后到京城计算领取货物。三种方法，最先是博籴，数额满后，听任便籴或直便。因此商人争先恐后，赶到边远地区进行粮草交易，所以边疆粮草往往充足，不被各州郡分割，粮草价钱，也不能涨得很快，各路的税收也都超额，这是个好方法。我在三司时，正想研究推行，恰遇调任，最终没有提出来讨论。

刘晏和籴

【原文】

刘晏掌南计，数百里外物价高下，即日知之。人有得晏一事，予在三司时，尝行之于东南。每岁发运司和籴米于郡县，未知价之高下，须先具价申禀，然后视其贵贱，贵则寡取，贱则取盈，尽得郡县之价，方能契数行下，比至则粟价已增，所以常得贵售。晏法则令多粟通途郡县，以数十岁籴价，与所籴粟数高下，各为五等，具籍于主者，今属发运司，粟价才定，更不申禀，即时廪收，但第一价则籴第五数，第五价则籴第一数，第二价则籴第四数，第四价则籴第二数，乃即驰递报发运司。如此粟贱之地，自籴尽极数；其余节级，各得其宜，已无极售。发运司仍会诸郡所籴之数计之，若过于多，则损贵与远者；尚少，则增贱与近者。自此粟价未尝失时，各当本处丰俭，即日知价，信皆有术。

【译文】

刘晏掌管国家财政，几百里外物价的高低，当天就知道了。有人赞扬刘晏的一件事，我在三司的时候，曾经把他的做法在东南一带推行。每年发运司从郡县征购粮食，并不知道粮价高低，要各地先将详细的价格呈报，再根据价格的贵贱，贵就少买，贱就多购。只有收齐了各地价格后，才能定下数量发下执行。等到公文发到时粮价已经上涨，所以常常高价买进。刘晏的方法是让产粮多、交通便利的郡县，把几十年粮食购买价格和所购粮食数量的多少，各分为五等，详细地登记造册上交主管机关(现在属发运司管辖)。粮价刚一确定，不再向上报告，即时开仓收粮。只要是第一等价格的就按第五等数收购，第五等价格的就按第一等数收购，第二等价格的就按第四等数收购，第四等价格的就按第二等数收购。同时派人将收购数量快马加鞭速报告发运司。这样，粮价低的地方自然收购到最大数量，按其他等数在各地也收购到适当的数量，就有不合理的收购。发运司还要综合各郡县收购的数量安排计划，如果收购过多，就减少价格高和路远地方的收购量；如果还少，就增加价格低和路近地方的收购量。从此以后，掌握粮价再也没有贻误时机，各自与本地粮食收成的好坏相适应，当天就知道价格。这确实是好办法。

均衡赋税

【原文】

五代方镇割据，多于旧赋之外，重取于民。国初悉皆蠲正，税额一定，其间或有重轻未均处，随事均之。福、歙州税额太重，福州则令以钱二贯五百折纳绢一匹，歙州输官之绢止重数两；太原府输赋全除，乃以减价籴粜补之。后人往往疑福、歙折绢太贵，太原折米太贱，盖不见当时均赋之意也。

【译文】

五代时藩镇割据，大多在原来税收之外，再向百姓大肆搜刮。本朝初年全都免去、改正，税额一次就定下来，其中可能有轻重不等的地方，就根据情况平衡一下。福州和歙州税额太重，福州就规定用两贯五百钱折合缴纳一匹绢，歙州缴给官府的绢只有几两重。太原府要送交的税全部免了，只用减价买卖的方式补上。后人往往怀疑福州、歙州折合成绢太贵，太原折合成米又太贱，那是因为看不到当时均衡税收的本意吧。

刑曹驳错案

【原文】

近岁邢、寿两郡各断一狱，用法皆误，为刑曹所驳。寿州有人杀妻之父母昆弟数口，州司以不道缘坐妻子，刑曹驳曰："殴妻之父母，即是义绝，况其谋杀，不当复坐其妻。"邢州有盗杀一家，其夫妇即时死，唯一子明日乃死，州司以其家财产户绝，法给出嫁亲女。刑曹驳曰："其家父母死时，其子尚生，时产乃子物。出嫁亲女，乃出嫁姊妹，不合有分。"此二事略同，一失于生者，一失于死者。

【译文】

近年来邢、寿两郡，分别审结一案，应用刑法都出现失误，受到刑曹驳斥。寿州有人杀死了妻子的父母兄弟多人，州司认为大逆不道，就连带他的妻子都一并定了罪。刑曹反驳说："殴打妻子的父母，已经是恩断义绝，何况他还是谋杀。不应当再加罪于他的妻子了。"邢州有强盗杀了一家人，其中夫妇二人当即死亡，只有一个儿子到第二天才死，邢州司法官将死者家产比照户绝法判给已经出嫁的亲生女。刑曹批驳说："他家父母死时，儿子还活着，遗产应当是儿子的。出嫁的亲女儿，也就是他的姐妹，是不应该继承遗产的。"这两个案子大体相同，一个错判活人，一个委屈死者。

迁深州城

【原文】

深州旧治靖安，其地碱卤，不可艺植，井泉悉是恶卤。景德中，议迁州，时傅潜家在李晏，乃奏请迁州于李晏，今深州是也。土之不毛，无以异于旧州，盐碱殆与土半，城郭朝补暮坏；至于薪刍，亦资于他邑。唯胡卢水粗给居民，然原自外来，亦非边城之利。旧州之北，有安平、饶阳两邑，田野饶沃，人物繁庶，正当徐村之口，与祁州、永宁犬牙相望。不移州于此，而恤其私利，亟城李晏者，潜之罪也。

【译文】

深州故城在靖安，这个地方的土地为盐碱地，不能种植庄稼，连井水、泉水都是苦的。景德年间，大家商量迁移深州古城，当时，傅潜家在李晏，就上书皇帝请求把深州迁到李晏，就是现在的深州。这里的土地不长庄稼、草木，与旧的州城没有什么区别，盐碱与土地差不多各占一半，城墙早晨修补晚上就垮了，至于柴草，也要靠外县供应。只有胡卢河水勉强可以供居民食用，但水源来自城外，这不是对边城有好处的地方。旧州城北面有安平、饶阳两县，土地肥沃，人口众多，物资丰富，还处在通往徐村的要道上，与祁州、永宁如犬牙交错之势，可以互相照应。不把州城迁到这里，而顾念私利，匆忙地把城迁到李晏，这是傅潜的罪过。

免官叙用

【原文】

律云："免官者，三载之后，降先品二等叙。免所居官及官当者，期年之后，降先品一等叙。"降先品者，谓免官二官皆免，则从未降之品降二等叙之；免所居官及官当止一官，故降未降之品一等叙之。今叙官乃从见存之官更降一等者，误晓律意也。

【译文】

法律条文规定："免除官职的人，三年以后，在原来品级上降低两等起用；免除担任的职务及降级抵徒刑的人，一年以后，在原来品级上降低一等起用。"降先品，指的是免官时职务、官阶都免了，就从没有降的品级下降二等起用；免除担任的职务及只降一级官阶抵徒刑的人，就从那没有降的品级降一等起用。现在起用官员却从现有的官级上再降一等，是误解了律法的意思。

降官不过四等

【原文】

律累降虽多，各不得过四等。此止法者不徒为之，盖有所碍，不得不止。据律：更犯有历任官者仍累降之，所降虽多，各不得过四等。注：“各谓二官各降，不在通计之限。”二官谓职事官、散官、卫官为一官，勋官为一官。二官各四等，不得通计，乃是共降八等而止。予考其义，盖除名叙法，正四品于正七品下叙，从四品于正八品上叙，即是降先品九等，免官官当若降五等，则反重于除名，此不得不止也。此律今虽不用，然用法者须知立法之意，则于新格无所抵牾。予检正刑房公事日，曾遍询老法官，无一人晓此意者。

【译文】

法律上关于连降官职的规定虽然较多，但都不能超过四等。这种设立底限的条文，不是凭空设立的，大概是有所顾忌，不得不这样吧。根据律条：“犯官还有历任官职的，仍然连续降职；降官品级虽多，但分别不能超过四等。”注释：“各，指官职、官阶分别降级，不受累计不超过四等的限制。”二官指职事官、散官、卫官为一官，勋官为一官。二官各降四等，不是累计降，而是一共降到八等为止。我考究律条的含义，被除名的人再次起用的方法是：正四品在正七品下起用，从四品在正八品上起用，就是在原先的品级上降了九等。免去官职和用官职赎刑的人如果降五等，那么反而比除名还重了，这就是不得不设立底限的原因。这一律条现在虽然没有使用，但执法者应当懂得立法的本意，那么就和新法丝毫没有抵触了。我任检正刑房公事的时候，曾经一一询问老法官，却没有一人懂得这条律文的用意。

战　棚

【原文】

边城守具中有“战棚”，以长木抗于女墙之上，大体类敌楼，可以离合，设之，顷刻可就，以备仓卒城楼摧坏，或无楼处受攻，则急张战棚以临之。梁侯景攻台城，为高楼以临城，城上亦为楼以拒之，使壮士交槊斗于楼上，亦近此类。预备敌人，非仓卒可致。近岁边臣有议，以谓既有敌楼，则战棚悉可废省，恐讲之未熟也。

【译文】

边城的防守设施中有一种战棚，用长木头架在墙垛上，大体上与城楼相似。可以拆卸与安装，安装时顷刻之间就能完成，用来防备城楼突然被摧毁，或者没有城楼的地方受到进攻，就迅速装起战棚来应对。梁代侯景进攻台城时，就搭起高战楼来攻城墙，城上也搭一座战楼来抵御，派勇士在楼上交战，也是近似战棚一类的东西。防御敌人的进攻，不是匆促间可以准备好的。近年来驻守边城防地的官员有一种议论，认为既然有了城楼，那战棚就可以全部废除了，恐怕讲这种话时没有经过深思熟虑吧。

“告不干己事法”由来

【原文】

曹州人赵谏尝为小官，以罪废，唯以录人阴事，控制闾里，无敢迕其意者，人畏之甚于寇盗，官司亦为其羁绁，俯仰取容而已。兵部员外郎谢涛知曹州，尽得其凶迹，逮系有司，具前后巨蠹状奏列，章下御史府按治，奸赃狼籍，遂论弃市，曹人皆相贺。因此有“告不干己事法”著于敕律。

【译文】

曹州人赵谏曾当过小官，因为犯罪而被罢免，只是通过专门记录别人的隐私，来控制乡里，没有人敢违背他的意愿。人们怕他远胜过怕强盗，连官府也受他控制，上上下下都要看他的脸色行事。兵部员外郎谢涛管理曹州时，完全掌握了赵谏的罪状，将他逮捕入狱，详细列举前后为害乡里的罪行奏报上去。他的奏章被发送到御史台按察处治，因为赵谏劣迹斑斑，所以下令在闹市将他斩首，曹州人都相互庆贺，因为这件事，所以皇帝下令将“告不干己事法”写进了律条中。

范仲淹赈灾

【原文】

皇祐二年，吴中大饥，殍殣枕路。是时范文正领浙西，发粟及募民存饷，为术甚备。吴人喜竞渡，好为佛事，希文乃纵民竞渡，太守日出宴于湖上，自春至夏，居民空巷出游。又召诸佛寺主首谕之曰：“饥岁工价至贱，可以大兴土木之役。”于是诸寺工作鼎兴。又新敖仓吏舍，日役千夫。监司奏劾杭州不恤荒政，嬉游不节，及公私兴造，伤耗民力，文正乃自条叙所以宴游及兴造，皆欲以发有余之财，以惠贫者。贸易饮食工技服力之人，仰食于公私者，日无虑数万人。荒政之施，莫此为大。是岁两浙唯杭州晏然，民不流徙，皆文正之惠也。岁饥发司农之粟，募民兴利，近岁遂著为令，既已恤饥，因之以成就民利，此先王之美泽也。

【译文】

皇祐二年，吴中发生大饥荒，饿死者的尸体遍布路上。这时范仲淹主管浙西，调发国家粮食并募集民间所存钱物来赈济灾民，方法极为完备。吴中百姓喜欢比赛划船，爱好做佛事，范仲淹就鼓励百姓比赛龙舟，太守每天在西湖上宴饮，从春天到夏天，居民都出外游玩。范仲淹又召集各佛寺的住持，告知他们说：“灾荒年间工价最低廉，可以大兴土木工程。”因此各寺院的修建工程都很兴盛。他又修建仓库和官员宿舍，每天动用工匠一千多人。监察机关弹劾杭州长官不体恤荒政，嬉戏游乐而无节制，以及官府、私家大修房舍，伤耗民间百姓财力。范仲淹于是自己草拟奏章，申述宴饮游乐以及兴修房舍的原因，是用来调出民间有余的钱财，来救济贫困的人。从事贸易、饮食、工匠、民夫一类的人，仰仗官府、私家过活的，每天大概有几万人。救济灾荒的措施，没有比这更好的了。这一年两浙路灾区只有杭州平静无事，百姓没有流亡的，这都是范文正公的恩惠啊！饥荒年岁动用司农寺粮仓的粮食赈济灾民，募集民间财力为地方兴利，近年来已定为法令。这种措施，既赈救了饥荒，又趁此机会为民间兴利，这真是古圣先王的美好恩泽啊。

范仲淹

高超合龙

【原文】

庆历中，河决北都商胡，久之未塞，三司度支副使郭申锡亲往董作。凡塞河决，垂合，中间一埽，谓之“合龙门”，功全在此。是时屡塞不合，时合龙门埽长六十步。有水工高超者，献议以谓：“埽身太长，人力不能压，埽不至水底，故河流不断，而绳缆多绝。今当以六十步为三节，每节埽长二十步，中间以索连属之。先下第一节，待其至底，方压第二、第三。”旧工争之，以为不可，云：“二十步埽不能断漏，徒用三节，所费当倍，而决不塞。”超谓之曰：“第一埽水信未断，然势必杀半。压第二埽，止用半力，水纵未断，不过小漏耳。第三节乃平地施工，足以尽人力。处置三节既定，即上两节自为浊泥所淤，不烦人功。”申锡主前议，不听超说。是时贾魏公帅北门，独以超之言为然，阴遣数千人于下流收漉流埽。既定而埽果流，而河决愈，申锡坐谪。卒用超计。商胡方定。

【译文】

庆历年间，黄河在大名府商胡埽决堤，迟迟没能堵塞。三司度支副使郭申锡亲自前去督工。大凡堵塞河堤决口，在快合拢的时候，再放下中间一节埽，称为合龙门，堵塞决口的关键就在这里。当时多次堵塞都没有成功。那时用来合龙门的埽有六十步长，有位名叫高超的水工献计，认为："埽身太长了，人力不能压下去，埽不能沉到水底，所以截不断河流，反而绳缆大部分被拉断。现在应该把六十步的埽分成三段，每段长二十步，中间用绳索连接起来。先压下第一段，等它沉到底之后，才压下第二、第三段。"老河工竭力争辩，认为不行，说："二十步长的埽，又不能阻断水流，白白填进去三段，浪费的人力物力都要加倍，可是决口却不能堵塞。"高超对他们说："压下第一段埽后水流确实不会被阻断，但是水势必然减弱一半，压下第二段埽时，只需花一半的力气，水流即使还未截断，剩下的也不过是小漏洞罢了。压第三段是平地施工，可以充分发挥人的力量。安放好第三段埽，这时前两段自然会被泥砂淤积，就用不着再花费人力了。"郭申锡主张用老办法，不肯采纳高超的建议。当时贾魏公是大名府的最高长官，只有他认为高超的建议很对，便暗中派遣几千人到下流捞取被水冲下来的埽。按照旧方案施工，埽刚刚压下去，果然就被冲走，河堤的决口更加大了，郭申锡因此被降职。最终还是采用了高超的办法，商胡埽的决口才被堵住。

钱塘江堤

【原文】

钱塘江，钱氏时为石堤，堤外又植大木十余行，谓之"滉柱"。宝元、康定间，人有献议取滉柱，可得良材数十万，杭帅以为然，既而旧木出水，皆朽败不可用，而滉柱一空，石堤为洪涛所激，岁岁摧决。盖昔人埋柱，以折其怒势，不与水争力，故江涛不能为害。杜伟长为转运使，人有献说自浙江税场以东，移退数里为月堤，以避怒水。众水工皆以为便，独一老水工以为不然，密谕其党曰："移堤则岁无水患，若曹何所衣食？"众人乐其利，乃从而和之。伟长不悟其计，费以巨万，而江堤之害，仍岁有之。近年乃讲月堤之利，涛害稍稀，然犹不若滉柱之利，然所费至多，不复可为。

【译文】

钱塘江在吴越国钱氏时就修筑了石堤，堤外又竖起十几排大木柱，称为“滉柱”。宝元、康定年间，有人建议取出滉柱，可以获得几十万根好木材，杭州的长官认为这个主意很好。不久，从水里捞出了旧木柱，全都朽烂不能用了。然而滉柱取空之后，石堤受到潮水冲击，年年都要决口。大概前人埋滉柱是为了缓解潮水的来势，分担潮水对堤坝的冲击，所以洪水不能为害。杜伟长任转运使时，有人建议从浙江盐场以东，退后几里修筑一道月牙形石堤，以便避开汹涌的潮水。大多数水工都认为这个办法可行，只有一个老水工认为不行，他暗中告诫同伙说：“移修堤坝后就不会每年都有水患，你们靠什么生活呢？”众人都贪图眼前的利益，就跟从附和他的主张。杜伟长没有觉察他们的用意，花费了上万的巨款，而江堤决口仍然年年发生。近年来考虑到月堤的好处，修筑了月堤，江涛的危害减少了些，但是仍然没有立滉柱的好处多。不过立滉柱耗费太大，不可能再次修建了。

真州复闸

【原文】

淮南漕渠，筑埭以畜水，不知始于何时。旧传召伯埭谢公所为。按李翱《来南录》，唐时犹是流水，不应谢公时已作此埭。天圣中，监真州排岸司右侍禁陶鉴始议为复闸节水，以省舟船过埭之劳。是时工部郎中方仲荀、文思使张纶为发运使、副。表行之，始为真州闸，岁省冗卒五百人，杂费百二十五万。运舟旧法，舟载米不过三百石；闸成，始为四百石船。其后所载浸多，官船至七百石；私船受米八百余囊，囊二石。自后北神、召伯、龙舟、茱萸诸埭，相次废革，至今为利。予元丰中过真州，江亭后粪壤中见一卧石，乃胡武平为《水闸记》，略叙其事，而不甚详具。

【译文】

淮南的运粮水道，修筑拦水土坝来蓄水，不知是从什么时候开始的。从前传说召伯坝是谢安修筑的。考证李翱《来南录》得知，唐朝时这里还是流水，那就不应该是在谢安时修筑这座坝的。天圣年间，监管真州排岸司的右侍禁陶鉴才提议建造复闸节制水流，来减省行船过坝的劳累。当时工部郎中方仲荀、文思使张纶任正副发运使，上奏获得允许，才修建了真州闸，每年可省去多余的差役五百人，杂费一百二十五万。旧船运法规定，一条船装米不能超过三百石。水闸建成后，开始可装载四百石，在那以后载运量渐渐增多，官家船达到七百石，私家船可装运八百多袋米，一袋等于二石。从此以后，北神、召伯、龙舟、茱萸等坝，相继废除，至今成了水运的便利。我在元丰年间经过真州，在江亭后面的粪土中发现一块倒在地上的石碑，是胡宿撰写的《水闸记》，简略地记述这件事，但不很详尽。

谢 安

张杲卿断案

【原文】

张杲卿丞相知润州日，有妇人夫出外数日不归，忽有人报菜园井中有死人，妇人惊，往视之，号哭曰："吾夫也。"遂以闻官。公令属官集邻里就井验是其夫与非，众皆以井深不可辨，请出尸验之。公曰："众皆不能辨。妇人独何以知其为夫？"收付所司鞫问，果奸人杀其夫，妇人与闻其谋。

【译文】

丞相张杲卿任润州知州时，有个女人的丈夫外出数天没回家，忽然有人说菜园的井里有死人，女人很震惊，前去察看，大哭着说："是我丈夫啊！"于是报告了官府。张杲卿让下属官员召集她的邻居，到井边验证是否是她的丈夫，众人都认为井太深无法分辨，请求捞出尸体检验。张杲卿说："大家都不能分辨，凭什么只有那女人知道是她丈夫？"于是将女人收押送交有关官员审问，果然是奸夫杀害了她的丈夫，那女人也参与了谋杀。

范仲淹重农抑商

【原文】

庆历中，议弛茶盐之禁及减商税，范文正以为不可，茶盐商税之入，但分减商贾之利耳，行于商贾，未甚有害也。今国用未减，岁入不可阙，既不取之于山泽及商贾，须取之于农。与其害农，孰若取之于商贾？今为计莫若先省国用，国用有余，当先宽赋役，然后及商贾，弛禁非所当先也。其议遂寝。

【译文】

庆历年间，朝廷议论放开对茶盐的禁令并减轻对商人的征税。范仲淹认为不能这样做，因为官卖茶盐和商税的征收，只会分减商贩的利益罢了，对商贩征税，没有多大害处。现在国家的开支没有减少，每年税收不可或缺，既然不向盐池、茶山及商贩收取，就必然要从农民那里获得。与其损害农民的利益，还不如向商贩征收。为今之计，不如先节省国家开支，国家开支有盈余，就应当首先放松农民的赋税徭役，然后才顾及商贩。解除对茶盐的禁令不是首先该考虑的事情。这种提议于是作罢了。

王钦若办事

【原文】

真宗皇帝南衙日，开封府十七县皆以岁旱放税，即有飞语闻上，欲有所中伤，太宗不悦，御史探上意，皆露章言开封府放税过实，有旨下京东、西两路诸州选官覆按。内亳州当按太康咸平两县，是时曾会知亳州，王冀公在幕下，曾爱其识度，常以公相期之，至是遣冀公行，仍戒之曰："此行所系事体不轻，不宜小有高下。”冀公至两邑，按行甚详，其余抗言放税过多，追收所税物，而冀公独乞全放，人皆危之。明年，真宗即位，首擢冀公为右正言，仍谓辅臣曰：“当此之时，朕亦自危惧，钦若小官，敢独为百姓伸理，此大臣节也。”自后进用超越，卒至入相。

【译文】

真宗皇帝在开封府官署时，开封府的十七县都因为每年旱灾减免了赋税，立刻有流言传到宫中，想中伤真宗皇帝。太宗知道后不高兴。御史打听到了太宗的心思，都在奏章上把开封府减免赋税的事说过了头，太宗传下旨意给京东、京西两路各州要求选派官员核查。其中亳州应当查考太康、咸平两县。当时曾会任亳州知州，王钦若在曾会的手下，曾会喜欢王钦若的见识气度，常常以王公宰相期待他。到这时派王钦若去，曾会还告诫说：“这一去事关重大，不应该有一点差错。”王钦若到了太康、咸平两县，查考得很细致，其他人都高谈减免赋税过多，要追收赋税物品，只有王钦若一个人请求全部减免，人们都替他担忧。第二年，真宗即位，首先提升王钦若为右正言，还对身边辅佐的大臣说：“在那样的时候，我自己也感到忧惧。钦若是个小官，敢于一个人替百姓伸张道理，这是大臣的气节啊！”从此以后几次越级提拔，最终成了宰相。

陵州盐井

【原文】

陵州盐井，深五百余尺，皆石也，上下甚宽广，独中间稍狭，谓之“杖鼓腰”。旧自井底用柏木为干，上出井口，自木干垂绠而下，方能至水，井侧设大车绞之。岁久井干摧败，屡欲新之，而井中阴气袭人，入者辄死，无缘措手。惟候有雨入井，则阴气随雨而下，稍可施工；雨晴复止。后有人以一木盘，满中贮水，盘底为小窍，洒水一如雨点，设于井上，谓之“雨盘”，令水下终日不绝，如此数月，井干为之一新，而陵井之利复旧。

【译文】

陵州盐井有五百多尺深，井壁全是岩石，井口井底都很宽阔，只有中部稍窄一些，称为“杖鼓腰”。过去，从井底都用柏木柱支撑井壁，往上直到井口顺着木柱放下绳索，才能到达水面。在井旁还安置了大绞车绞动绳索。年代一久，壁柱朽烂，多数需要更新，但是井中毒气袭人，人一下去就会致死，根本无法下井施工。只有等到下雨的时候进井，那时毒气随着雨水下沉，才略微可以施工，一旦天晴又要停工。后来有人拿了一个大木盘，里面装满水，盘底凿了许多小孔，让水像雨点似的洒到井中，安设在井口上，称为“雨盘”，让清水整天不停地洒下。这样几个月，壁柱全部更新，陵州盐井又恢复了原有的盐利。

颡叫子

【原文】

世人以竹、木、牙、骨之类为叫子，置人喉中吹之，能作人言，谓之“颡叫子”。尝有病喑者，为人所苦，含冤无以自言，听讼者试取叫子令颡之，作声如傀儡子，粗能辨其一二，其冤获申。此亦可记也。

【译文】

人们用竹子、木头、象牙、兽骨之类做成哨子，放在人的喉咙里吹，能发出像人说话似的声音，被称作“颡叫子”。曾有一个喉咙哑了不能说话的人，被人陷害，有着冤屈却自己说不出来。听诉讼的人试着拿一个颡叫子让他放在喉中，发出的声音像木偶，能粗略地听出小部分意思，他的冤屈因而得到了昭雪。这件事也值得记录下来。

狄青智胜党项

【原文】

宝元中，党项犯塞，时新募“万胜军”，未习战阵，遇寇多北。狄青为将，一日，尽取“万胜”旗付“虎翼军”，使之出战。虏望其旗，易之，全军径趋，为“虎翼”所破，殆无遗类。又青在泾原，尝以寡当众，度必以奇胜，预诫军中尽舍弓弩，皆执短兵器，令军中闻钲一声则止，再声则严阵而阳却，钲声止则大呼而突之，士卒皆如其教。才遇敌，未接战，遽声钲，士卒皆止；再声，皆却。虏人大笑，相谓曰：“孰谓狄天使勇？”时虏人谓青为“天使”。钲声止，忽前突之，虏兵大乱，相蹂践死者，不可胜计也。

【译文】

宝元年间，党项入侵犯边境。当时刚刚招募的“万胜军”，没有经过战阵的演习，遭遇敌人经常打败仗。狄青当了将领，有一天，把万胜军的旗帜全部交给虎翼军，让他们出战。敌人望见这种旗帜，认为容易对付，全军径直冲过来，结果被虎翼军打败，大概没有剩下什么人了。另一次，狄青在泾原带兵，曾经以少数兵力对付许多敌人，考虑到必须用奇计才能取信，事先告诫全军都放下弓箭，一律使用短兵器，传令全军听到一声钲响就停止前进，听到第二声就严整阵容假装撤退，钲声一停，就高喊着冲向敌人。士兵们都像他布置的那样。刚一遭遇敌人，还没有短兵相接，钲声立刻响了起来，士兵们都停止前进；第二次钲声响起，又都撤退。敌人大笑起来，互相说着：“谁说狄青是像天使般勇猛？”当时敌人叫狄青为“天使”。钲声突然停止，士兵们一下子前进冲向敌人，敌兵大乱，互相踩踏致死的，数都数不过来。

曹玮用兵

【原文】

曹南院知镇戎军日，尝出战小捷，虏兵引去。玮侦虏兵去已远，乃驱所掠牛羊辎重，缓驱而还，颇失部伍。其下忧之，言于玮曰："牛羊无用，徒縻军，不若弃之，整众而归。"玮不答，使人候虏兵去数十里，闻玮利牛羊而师不整，遽还袭之。玮愈缓，行得地利处，乃止以待之。虏军将至近，使人谓之曰："蕃军远来必甚疲，我不欲乘人之怠，请休憩士马，少选决战。"虏方苦疲甚，皆欣然严军歇良久。玮又使人谕之："歇定可相驰矣。"于是各鼓军而进，一战大破虏师，遂弃牛羊而还。徐谓其下曰："吾知虏已疲，故为贪利以诱之。比其复来，几行百里矣，若乘锐便战，犹有胜负。远行之人，若小憩，则足痹不能立，人气亦阑，吾以此取之。"

【译文】

曹玮任镇戎军主帅时，曾有一次出战获得小胜，敌军退走了。曹玮察知敌军已走了很远，于是下令带着缴获的牛羊和辎重车辆，缓缓地往回走，队伍因此很不齐整。部下很担忧，对曹玮说："牛羊没有用，只能白白拖累部队，不如放弃牛羊，整顿队伍赶回去。"曹玮没有回答，派人继续侦察敌情。敌军后撤几十里后，听说曹玮贪图牛羊而使队伍散乱，就急忙赶来袭击。曹玮的队伍越走越慢，来到地形有利的地方时，就下令停止前进，等待敌军。敌军快要接近时，曹玮派人去说："你们远道而来，一定很疲乏，我不想乘你们疲倦的时候进行攻击，请你们让士兵战马先休息休息，一会儿再决战。"敌军正苦于非常疲劳，于是愉快地保持着队形就地休息了很长时间。曹玮又派人去说："休息好了，可以进军了。"于是各自击鼓列队向前，一个回合就大破敌军，曹玮于是放弃牛羊，整队返回军营。他轻松地对手下将士说："我知道敌军已经很疲劳，所以假装贪图小利引诱他们。等他们重新赶来时，几乎走了近百里路。

如果敌人乘着士气旺盛的时候就决战，胜负还很难说。长途奔走的人，如果稍事休息，两腿就会麻痹得站不起来，士气也随之消失。我正是凭借这一点打败敌人的。”

任　术

【原文】

予友人有任术者，尝为延州临真尉，携家出宜秋门。是时茶禁甚严，家人怀越茶数斤，稠人中马惊，茶忽坠地。其人阳惊，回身以鞭指城门鸱尾，市人莫测，皆随鞭所指望之，茶囊已碎于埃壤矣。监司尝使治地讼，其地多山，险不可登，由此数为讼者所欺。乃呼讼者告之曰：“吾不忍尽尔，当贳尔半。尔所有之地，两亩止供一亩，慎不可欺，欺则尽覆入官矣。”民信之，尽其所有供半。既而指一处覆之，文致其参差处，责之曰：“我戒尔无得欺，何为见负？今尽入尔田矣。”凡供一亩者，悉作两亩收之，更无一犁得隐者。其权数多此类。其为人强毅恢廓，亦一时之豪也。

【译文】

我有一个随机应变的朋友，他曾任延州临真县尉，有一次带着家人出宜秋门。当时茶禁很严，他的仆人怀揣着几斤越地产的茶叶，马在人丛中受惊，茶叶一下子掉到了地上。他当即假装受惊，转身用马鞭指着城门上的鸱尾，街上的人不知发生了什么事，都顺着马鞭指的方向望去，茶叶也就被踩碎到泥土中了。官署曾经委派他处理有关土地税的案子，因为当地多山，山路险峻，难以前去实地考查，所以多次被逃税的人欺瞒。于是他对逃税的人说：“我不忍心把你们的全部土地都算上，我愿意给你们放宽一半。你们所有的土地，二亩中只上一亩的税。千万不可再欺瞒了，否则就要核清全部土地收税了。”

当地人信以为真，就按全部土地的一半报了上去。过了不久，他指定对其中一块地进行复核，故意挑出和申报数目不相符的地方后，责备说：“我告诫你不要欺瞒，为什么辜负我的劝告呢？现在只好按你的全部土地征税了。”凡是报一亩的，都按二亩收税，再没有一点土地能够隐瞒。他随机应变的本领大多就像这样。他为人刚强而又豁达，也算得上当时的豪杰了。

雷简夫移巨石

【原文】

陕西因洪水下大石塞山涧中，水遂横流为害。石之大有如屋者，人力不能去，州县患之。雷简夫为县令，乃使人各于石下穿一穴，度如石大，挽石入穴窖之，水患遂息也。

【译文】

陕西因为洪水冲下一块大石头堵在山涧中，水于是横流造成灾害。石头大到像一间屋子，靠人力不能移走。州县官员担忧这件事。雷简夫当那里的县令，就派人分别在石头底下挖通一个洞，估计像石头那样大时，把石头引入洞里，水害就平息了。

狄青不追穷寇

【原文】

狄青戍泾原日，尝与虏战，大胜，追奔数里。虏忽壅遏山踊，知其前必遇险，士卒皆欲奋击，青遽鸣钲止之，虏得引去。验其处，果临深涧，将佐皆悔不击。青独曰：“不然。奔亡之虏，忽止而拒我，安知非谋？军已大胜，残寇不足利，得之无所加重。万一落其术中，存亡不可知。宁悔不击，不可悔不止。”青后平岭寇，贼帅侬智高兵败，奔邕州，其下皆欲穷其窟穴，青亦不从，以为趋利乘势入不测之城，非大将事，智高因而获免。天下皆罪青不入邕州，脱智高于垂死。然青之用兵，主胜而已，不求奇功，故未尝大败。计功最多，卒为名将。譬如弈棋，已胜敌可止矣，然犹攻击不已，往往大败，此青之所戒也。临利而能戒，乃青之过人处也。

【译文】

狄青驻守泾原的时候，曾经与敌人打了一仗，取得了巨大胜利，追赶敌人好几里。敌人一下子堵在一座山前停下来了。狄青推测他们的前面一定遇到什么危险，他的士兵都想奋力追赶攻击，狄青却下令敲钲制止部下，敌人因而逃跑了。查看那个地方，果然面临深涧，将士们都后悔没有追击。狄青却说："你们说的不对。正在逃亡的敌人一下子就停下来抵御我们，怎么知道这不是阴谋？我军已取得了大的胜利，残余的敌人也不一定能得到什么好处，就是抓获了也不会有什么更多好处。万一落到他们的圈套里，存亡就不清楚了。宁可后悔没有追击，不能后悔没有停止。"狄青后来平定昆仑关的盗匪时，匪首侬智高战败，逃往邕州。狄青的部下都想要彻底扫荡匪窟，狄青也不听他们的，认为为了得到一点好处就乘势深入那种不知深浅的城池，不是一个大将应该做的事，侬智高因此而得以逃脱。全国上下都指责狄青不攻入邕州，致使侬智高能死里逃生。但是狄青用兵，注重胜利罢了，不追求建立奇功，所以他不曾有什么大的失败。计算战功他最多，终于成为有名的将领。就像下棋一样，已经战胜了敌人就可停止了，但仍然不停地攻下去，往往会大败，这是狄青引为鉴戒的。面对一点好处而能告诫自己不被诱惑，正是狄青超过别人的地方。

潴水为塞

【原文】

瓦桥关北与辽人为邻，素无关河为阻。往岁六宅使何承矩守瓦桥，始议因陂泽之地，潴水为塞，欲自相视，恐其谋泄，日会僚佐，泛船置酒赏蓼花，作《蓼花游》数十篇，令座客属和，画以为图，传至京师，人莫喻其意。自此始壅诸淀。庆历中，内侍杨怀敏复踵为之。至熙宁中，又开徐村、柳庄等泺，皆以徐、鲍、沙、唐等河，叫猴、鸡距、五眼等泉为之源，东合滹沱、漳、淇、易、白等水并大河，于是自保州西北沈远泺，东尽沧州泥枯海口，几八百里，悉为潴潦，阔者有及六十里者，至今倚为藩篱。或谓侵蚀民田，岁失边粟之入，此殊不然，深、冀、沧、瀛间，惟大河、滹沱、漳水所淤，方为美田；淤演不至处，悉是斥卤，不可种艺，异日惟是聚集游民，刮碱煮盐，颇干盐禁，时为寇盗；自为潴泺，奸盐遂少，而鱼蟹菰苇之利，人亦赖之。

【译文】

瓦桥关北面与辽国交界的地方，一向没有可供防守的关河险要。前些年六宅使何承矩驻守瓦桥关，开始提议利用低洼的地方，蓄水作为屏障。他原想亲自去察看地形，但又担心计谋泄漏，于是每天和幕僚聚会，坐船饮酒观赏蓼花，写下几十首《蓼花游》，要求在座宾客写诗唱和，又绘成图画，传到京城，人们都不明白他的意图。从此以后，何承矩便在塘泊间筑堤蓄起水来。庆历年间，内侍杨怀敏又接着进行这项工程。到熙宁年间，又开挖徐村、柳庄等水塘，引来徐河、鲍河、沙河、唐河等河水，以及叫猴泉、鸡距泉、五眼泉等处的水源，往东和滹沱河、漳河、淇河、易水、白水以及黄河汇合，于是从保州西北方的沈远泺起，往东到沧州泥枯海口入海，差不多八百里地方都成了水泊，水面最宽处达到六十里，到现在还作为边防屏障。有人认为这样做侵占了农田，减少了每年边疆粮草的收入，这种说法很不对。其实深州、冀州、沧州、瀛州一带，只有黄河、滹沱河、漳河浸灌到的地方，才能成为良田。河水浸灌不到的地方，全是盐碱地，不能种植庄稼。以前这里只聚集了许多游民，刮取碱土煮盐，屡屡违犯朝廷的禁令，有时甚至聚众抢劫。自从成为水泊之后，违禁煮盐的事就减少了，鱼、蟹、茭白、芦苇之类的益处，老百姓也可赖以为生。

李允则修城

【原文】

李允则守雄州，北门外民居极多，城中地窄，欲展北城，而以辽人通好，恐其生事。门外旧有东岳行宫，允则以银为大香炉，陈于庙中，故不设备。一日，银炉为盗所攘，乃大出募赏，所在张榜捕贼甚急。久之不获，遂声言庙中屡遭寇，课夫筑墙围之，其实展北城也。不逾旬而就，虏人亦不怪之。则今雄州北关城是也。大都军中诈谋，未必皆奇策，但当时偶能欺敌，而成奇功。时人有语云："用得着，敌人休；用不着，自家羞。"斯言诚然。

【译文】

李允则镇守雄州时，北门外居民住宅非常多。城里地面狭窄，他想向北扩展城墙，却因为与辽国发展友好关系，又担心它生出事来。北门外原来有一座东岳行宫庙，李允则用银子做成一个大香炉，摆放在庙里，故意不派人守卫。有一天，银香炉被盗贼偷走，他就四处张榜悬赏捉拿盗贼，并派人抓紧搜捕。过了很久还没有抓到盗贼，他又放出口风说庙里多次遭到偷抢，就督促民众筑一道墙把庙围起来，其实是扩展北边的城墙。不到十天城墙筑好了，辽国人也不感到奇怪。那就是现在雄州的北关城。大体上说来，军事上的机谋，未必都是奇异的策略，只要当时偶尔能够骗过敌人，就能成为奇功。当时的人有这样的说法："用得着，敌人休；用不着，自家羞。"这话说得实在太对了。

摸钟辨贼

【原文】

陈述古密直知建州浦城县日，有人失物，捕得莫知的为盗者。述古乃绐之曰："某庙有一钟，能辨盗至灵。"

使人迎置后阁祠之，引群囚立钟前，自陈不为盗者，摸之则无声，为盗者摸之则有声。述古自率同职祷钟甚肃，祭讫，以帷围之，乃阴使人以墨涂钟，良久，引囚逐一令引手入帷摸之，出乃验其手，皆有墨，唯有一囚无墨，讯之，遂承为盗，盖恐钟有声不敢摸也。此亦古之法，出于小说。

【译文】

枢密院直学士陈述古担任建州浦城知县时，有人家里东西失窃，抓得一些有盗窃嫌疑的人。陈述古就骗他们说："某座庙里有一口钟能辨认盗贼，十分灵验。"于是派人把钟抬到后屋中供起来，带来囚犯们站到钟前，亲口告诉他们说：没有偷盗的人摸钟，钟不会响；偷盗的人摸钟，钟就会响。他又亲自领着同僚，恭敬严肃地向钟祈祷，祭祀完毕，用帷幕将钟罩住，又暗中让人将墨汁涂在钟上。过了很久，带来囚犯让他们依次把手伸进帷幕里摸钟。出来后就检验他们的手，所有的人手上都沾墨，只有一个囚犯没有。于是审讯这个人，他就承认自己是盗贼了，原来他害怕钟会发出响声，所以不敢摸它。这也是古代用过的破案方法，出自小说的记载。

侯叔献导水治堤

【原文】

熙宁中，濉阳界中发汴堤淤田，汴水暴至，堤防颇坏陷，将毁，人力不可制。都水丞侯叔献时莅其役，相视其上数十里有一古城，急发汴堤注水入古城中，下流遂涸，急使人治堤陷。次日，古城中水盈，汴流复行，而堤陷已完矣。徐塞古城所决，内外之水，平而不流，瞬息可塞。众皆服其机敏。

【译文】

熙宁年间，濉阳地区掘开河堤引汴水灌田，汴水突然涌来，大堤受到严重损伤，即将垮塌，靠人力已经无法阻止了。都水丞侯叔献当时亲临现场指挥施工，察看到上游几十里处有一座古城，就赶紧下令挖开汴河堤坝放水进古城，于是下游水就干了，他迅速派人修复塌陷的河堤。第二天，古城灌满了水，汴水又流向原来的河道，这时陷塌的河堤已经修好了。于是慢慢地堵塞通向古城的河堤决口，因为河堤内外的水位持平，水流不急，所以很快就堵塞好了。人们都很佩服侯叔献的机智敏捷。

种世衡用间谍

【原文】

宝元中，党项犯边，有明珠族首领骁悍，最为边患。种世衡为将，欲以计擒之。闻其好击鼓，乃造一马持战鼓，以银裹之，极华焕，密使谍者阳卖之，入明珠族。后乃择骁卒数百人，戒之曰："凡见负银鼓自随者，并力擒之。"一日，羌酋负鼓而出，遂为世衡所擒。又元昊之臣野利，常为谋主，守天都山，号"天都大王"，与元昊乳母白姥有隙。岁除日，野利引兵巡边，深涉汉境数宿，白姥乘间乃谮其欲叛，元昊疑之。世衡尝得蕃酋之子苏吃曩，厚遇之，闻元昊尝赐野利宝刀，而吃曩之父得幸于野利，世衡因使吃曩窃野利刀，许之以缘边职任、锦袍、真金带。吃曩得刀以还，世衡乃唱言野利已为白姥谮死，设祭境上，为祭文，叙岁除日相见之欢。入夜，乃火烧纸钱，川中尽明。虏见火光，引骑近边窥觇，乃佯委祭具，而银器凡千余两悉弃之。虏人争取器皿，得元昊所赐刀，及火炉中见祭文已烧尽，但存数十字。元昊得之，又识其所赐刀，遂赐野利死。野利有大功，死不以罪，自此君臣猜贰，以至不能军。平夏之功，世衡计谋居多，当时人未甚知之。世衡卒，乃录其功赠观察使。

【译文】

宝元年间，党项人侵犯边境，有个明珠族首领剽悍凶猛，成为边境上最大的祸患。种世衡担任戍边将领，打算设计将他抓获。听说他喜欢击鼓，于是造了一只在马背上用的战鼓，用银装饰四周，显得特别光彩耀眼，种世衡暗中派间谍将那只鼓故意卖给了明珠族。随后，他挑选几百个英勇善战的士兵，叮嘱他们说：“凡是看到身背银鼓的人，就合力抓他回来。”有一天，明珠族首领背着银鼓出来，于是就被种世衡擒获了。还有一件事，元昊的大臣野利，是元昊的高参，他驻守在天都山，号称“天都大王”，和元昊的乳母白姥不和。这年除夕，野利率兵巡查边境，深入汉人境内住了几天，白姥乘机向元昊诬告野利谋反，于是元昊对他起了疑心。种世衡曾经收留了某部落酋长的儿子苏吃曩，并且对他很好，听说元昊赐给野利一把宝刀，苏吃曩的父亲又一直得到野利的偏爱，种世衡就指使吃曩去偷野利的宝刀，许诺让他在边区做官，并送给他锦袍和真金带。吃曩偷回宝刀后，种世衡随即借口说野利已经被白姥进谗言害死，就在边境上设祭，撰写祭文，叙述除夕那天相见时的欢乐情景。到晚上，就用火焚烧纸钱，把整个平川都照亮了。元昊的士兵见到火光，率领骑兵到边境周围暗中察看。于是种世衡假装丢下祭奠品，连带几千两银器都抛弃了。元昊的兵士争抢器皿，发现了元昊赐给野利的宝刀，又到火炉前，看到祭文已烧尽，只剩下几十个字。元昊见到这些东西，又认出了他赐给野利的宝刀，就命令野利自杀。野利因为有大功，罪还不至于让其死。从此君臣之间相互猜疑，以致无法指挥作战。在平定西夏的功劳中，种世衡的计谋用得最多。当时人们并不很了解。直到种世衡死后，才追录他的功劳，封赠他为观察使。

相错成文

【原文】

韩退之集中《罗池神碑铭》，有“春与猿吟兮秋与鹤飞”。今验石刻，乃“春与猿吟兮秋鹤与飞”。古人多用此格，如《楚词》：“吉日兮辰良。”又“蕙肴蒸兮兰籍，奠桂酒兮椒浆”。盖欲相错成文，则语势矫健耳。杜子美诗：“红稻啄余鹦鹉粒，碧梧栖老凤凰枝。”此亦语反而意全。韩退之《雪诗》：“舞镜鸾窥沼，行天马度桥。”亦效此体，然稍牵强，不若前人之语浑成也。

【译文】

韩愈集子中的《罗池神碑铭》，有“春与猿吟兮秋与鹤飞”的句子。现在验证石刻，原来是“春与猿吟兮秋鹤与飞”。古人多用这种格式，如《楚辞》中有“吉日兮辰良”的句子，又有“蕙肴蒸兮兰籍，奠桂酒兮椒浆”。大概是想要相互交错成文，这样文章语句的气势就矫健有力了。杜甫有诗句：“红稻啄余鹦鹉粒，碧梧栖老凤凰枝。”这也是词语颠倒而意思周全。韩愈的《雪诗》有诗句“舞镜鸾窥沼，行天马度桥”，也是仿照这种体式，但是稍许牵强了一些，比不上前人的诗句那么浑然天成。

唐人炼句

【原文】

诗人以诗主人物，故虽小诗，莫不埏蹂极工而后已。所谓“旬锻月炼”者，信非虚言。崔护《题城南诗》其始曰：“去年今日此门中，人面桃花相映红。人面不知何处去，桃花依旧笑春风。”后以其意未全，语未工，改第三句曰：“人面只今何处在”。至今所传此两本，唯《本事诗》作“只今何处在。”唐人工诗，大率多如此，虽有两“今”字，不恤也，取语意为主耳。后人以其有两“今”字，只多行前篇。

【译文】

诗人用诗来表现人物，因此即使是小诗，也没有不反复锤炼修改，极其工巧才罢休。所谓十日锻击一月锤炼，的确不是虚妄之言。崔护《题城南诗》开初写道：“去年今日此门中，人面桃花相映红。人面不知何处去，桃花依旧笑春风。”后来因为它的意思不完全，词语不工巧，改第三句为：“人面只今何处在”。到现在流传下来的两种本子，只有《本事诗》作“只今何处在”。唐代人擅长作诗，大多如此。即使有两个“今”字，也不顾忌，以诗句意义为主。后来的人因为它有两个“今”字，只多流传前篇诗文。

王圣美说《孟子》

【原文】

王圣美为县令时，尚未知名，谒一达官，值其方与客谈《孟子》，殊不顾圣美，圣美窃哂其所论。久之，忽顾圣美曰：“尝读《孟子》否？”圣美对曰：“生平爱之，但都不晓其义。”主人问：“不晓何义？”圣美曰：“从头不晓。”主人曰：“如何从头不晓？试言之。”圣美曰：“‘孟子见梁惠王’，已不晓此语。”达官深讶之，曰：“此有何奥义？”圣美曰：“既云孟子不见诸侯，因何见梁惠王？”其人愕然无对。

【译文】

王圣美做县令的时候，还不出名。去拜访一位显赫的官吏，正碰上他在与客人谈论《孟子》，全不理睬圣美，王圣美暗自讥笑他们谈论的内容。过了许久，这位官员忽然回头看着王圣美说：“你曾经读过《孟子》吗？”王圣美回答说：“我平生喜欢《孟子》，只是完全不明白它的意思。”主人问道：“不知道什么意思？”王圣美回答说：“从开始就不知道。”主人问：“怎么开始就不知道？你试着说一下。”王圣美说：“‘孟子见梁惠王’，已经不理解这句话了。”这位官员对此十分诧异，说：“这有什么深奥的意义？”王圣美说：“既然说孟子不见诸侯，为什么去见梁惠王呢？”这位达官突然怔住回答不出来。

孟　子

平王东迁

【原文】

按《史记年表》："周平王东迁二年，鲁惠公方即位。"则《春秋》当始惠公而始隐，故诸儒之论纷然，乃《春秋》开卷第一义也。唯啖、赵都不解始隐之义，学者常疑之。唯于《纂例》"隐公"下注八字云："惠公二年，平王东迁。"若尔，则《春秋》自合始隐，更无可论，此啖、赵所以不论也。然与《史记》不同，不知啖、赵得于何书？又尝见士人石端集一纪年书，考论诸家年统，极为详密。其叙平王东迁，亦在惠公二年，予得之甚喜，亟问石君，云"出一史传中"，遽检未得。终未见的。据《史记年表》注："东迁在平王元年辛未岁。"本纪中都无说，诸侯世家言东迁却尽在庚午岁，《史记》亦自差谬，莫知其所的。

【译文】

按照《史记》年表记载，周平王向东迁都二年，鲁惠公才即位。那么《春秋》就应当开始于鲁惠公，而却始于鲁隐公，所以各派儒家议论纷纷，这本是《春秋》开卷的第一宗大义。唯独啖氏、赵氏完全不解释开始于隐公的含义，学者们常常对此疑惑。只是在《纂例》"隐公"之下注明了八个字说："惠公二年，平王东迁。"如果是这样的话，《春秋》就自然应该从鲁隐公开始，更没有什么可以争论了，这便是啖氏、赵氏不加以论说的原因。然而与《史记》的记载不同，不知道啖氏、赵氏是从什么书得知的？我又曾经见到士人石端编集了一本纪年的书，考证各家的年代统系，特别周详严密。它叙述平王东迁的事，也在惠公二年，我得知这件事情很高兴，赶紧问石端，他说："出自于一本史传书中。"我急忙检索而没有找到，终究没有见到确切考证。根据《史记》年表注："东迁在平王元年，辛未岁。"本纪中都没有提到，诸侯世家记载东迁却都在庚午岁。《史记》的记载自己也不一致，没有人知道它的确切依据。

集句诗

【原文】

古人诗有“风定花犹落”之句，以谓无人能对。王荆公以对“鸟鸣山更幽”。“鸟鸣山更幽”本宋王籍诗。元对：“蝉噪林逾静，鸟鸣山更幽”，上下句只是一意。“风定花犹落，鸟鸣山更幽”，则上句乃静中有动，下句动中有静。荆公始为集句诗，多者至百韵，皆集合前人之句，语意对偶，往往亲切过于本诗，后人稍稍有效而为者。

【译文】

古人诗中有“风定花犹落”的句子，认为没有人能对得上。王安石用“鸟鸣山更幽”的句子来对。“鸟鸣山更幽”原来是宋人王籍的诗句。原来的对偶句是“蝉噪林逾静，鸟鸣山更幽”，上下句只是一个意思。“风定花犹落，鸟鸣山更幽”，却是上句静中有动，下句动中有静。王安石开始写作集句诗时，多的达到了一百个韵，都是汇集前人的诗句，根据句子的意义对仗，往往比原诗还亲密贴切，后来渐渐有人仿效他做集句诗。

文章体制

【原文】

古人文章，自应律度，未以音韵为主。自沈约增崇韵学，其论文则曰：“欲使宫、羽相变，低昂殊节，若前有浮声，则后须切响。一简之内，音韵尽殊；两句之中，轻重悉异。妙达此旨，始可言文。”自后浮巧之语，体制渐多。如傍犯、蹉对、假对、双声、叠韵之类。诗又有正格、偏格，类例极多，故有三十四格、十九图、四声八病之类。今略举数事。如徐陵云："陪游驭娑，骋纤腰于结风；长乐鸳鸯，奏新声于度曲。"又云："厌长乐之疏钟，劳中宫之缓箭。"虽两"长乐"，意义不同，不为重复，此类为"傍犯"。如《九歌》："蕙肴蒸兮兰藉，奠桂酒兮椒浆。"当曰："蒸蕙肴"，对"奠桂酒"，今倒用之，谓之"蹉对"。如"自朱耶之狼狈，致赤子之流离"，不唯"赤"对"朱"，"邪"对"子"，兼"狼狈"、"流离"乃兽名对鸟名。又如"厨人具鸡黍，稚子摘杨梅"，"当时物议朱云小，后代声名白日长"，以"鸡"对"杨"，以"朱云"对"白日"，如此之类，皆为"假对"。如"几家村草里，吹唱隔江闻"，"几家村草"与"吹唱隔江"皆双声。如"月影侵簪冷，江光逼履清"，"侵簪"、"逼履"皆叠韵。诗第二字侧入，谓之"正格"，如"凤历轩辕纪，龙飞四十春"之类；第二字平入，谓之"偏格"，如"四更山吐月，残夜水明楼"之类。唐名贤辈诗多用正格，如杜甫律诗，用偏格者十无一二。

【译文】

古人的文章，自然符合音律，没有以音韵为主的。自从沈约推崇音韵学，他讨论文章时说："要使宫音、商音相互变化，高低节奏不一。如果前面有轻扬之声，那么后面必须有重浊之音。一章之内，音韵完全不同；两句之中，轻重都不一样。能够通达其中的奥妙，才可以谈论文章。"从此以后，浮艳工巧的词语、文章的体制日渐多了。如傍犯、蹉对、假对、双声、叠韵之类。诗又有正格、偏格，门类凡例极多，因此有三十四格、十九图、四声、八病之类。现在大略列举几个例子。如徐陵说："陪游驭娑，骋纤腰于结风；长乐鸳鸯，奏新声于度曲。"又说："厌长乐之疏钟，劳中宫之缓箭。"虽然两次用"长乐"，但意义不同，不算重复，这一类是傍犯。如《九歌》的"蕙肴蒸兮兰藉，奠桂酒兮椒浆"，应当作"蒸蕙肴"，与"奠桂酒"相对，现在颠倒运用，称为蹉对。如"自朱耶之狼狈，致赤子之流离"，不只是"朱"对"赤"，"耶"对"子"，同时"狼狈"与"流离"是兽名与鸟名相对。又比如"厨人具鸡黍，稚子摘杨梅"，"当时物议朱云小，后代声名白日长"，用"鸡"与"杨"相对，用"朱云"与"白日"

相对，这样一类，都是假对。比如“几家村草里，吹唱隔江闻”，“几家”、“村草”与“吹唱”、“隔江”都是双声。比如“月影侵簪冷，江光逼履清”，“侵簪”、“逼履”都是叠韵。诗的第二字用仄声入句，称为正格，如“凤历轩辕纪，龙飞四十春”之类。诗的第二字以平声入句，称为偏格，如“四更山吐月，残夜水明楼”之类。唐代著名的诗人作诗大多用正格，像杜甫的律诗，用偏格的不到十分之一二。

鹳雀楼诗

【原文】

河中府鹳雀楼三层，前瞻中条，下瞰大河。唐人留诗者甚多。唯李益、王之涣、畅诸三篇能状其景。李益诗曰：“鹳雀楼西百尺墙，汀洲云树共茫茫。汉家箫鼓随流水，魏国山河半夕阳。事去千年犹恨速，愁来一日即知长。风烟并在思归处，远目非春亦自伤。”王之涣诗曰；“白日依山尽，黄河入海流。欲穷千里目，更上一层楼。”畅诸诗曰：“迥临飞鸟上，高出世尘间。天势围平野，河流入断山。”

【译文】

河中府鹳雀楼有三层，向前可以瞻望中条山，向下俯瞰黄河。唐代诗人留诗的很多，只有李益、王之涣、畅诸的三篇诗能描绘它的景色。李益的诗写道：“鹳雀楼西百尺墙，汀洲云树共茫茫。汉家箫鼓随流水，魏国山河半夕阳。事去千年犹恨速，愁来一日即知长。风烟并在思归处，远目非春亦自伤。”王之涣的诗写道：“白日依山尽，黄河入海流。欲穷千里目，更上一层楼。”畅诸的诗写道：“迥临飞鸟上，高出世尘间。天势围平野，河流入断山。”

蔡挺贺诗

【原文】

熙宁六年，有司言日当蚀四月朔，上为撤膳、避正殿。一夕微雨，明日，不见日蚀，百官入贺，是日有皇子之庆，蔡子正为枢密副使，献诗一首，前四句曰："昨夜薰风入舜韶，君王未御正衙朝。阳辉已得前星助，阴沴潜随夜雨消。"其叙四月一日避殿、皇子庆诞、云阴不见日蚀，四句尽之，当时无能过之者。

【译文】

熙宁六年，天文官署禀报说将在四月初一日发生日食，皇上为此撤去御膳、避开正殿。这一晚下了一夜小雨，第二天没有出现日食，文武百官入宫祝贺，这天还有皇子诞生的喜事。蔡挺当时任枢密副使，献上一首贺诗，前四句说："昨夜薰风入舜韶，君王未御正衙朝。阳辉已得前星助，阴沴潜随夜雨消。"诗中叙述四月一日皇上避正殿、皇子诞生、云阴暗不见日食，四句诗概括全了这些事，当时没有能超过它的诗句。

乌鬼

【原文】

士人刘克博观异书。杜甫诗有"家家养乌鬼，顿顿食黄鱼"，世之说者，皆谓夔、峡间至今有鬼户，乃夷人也，其主谓之"鬼主"，然不闻有乌鬼之说。又鬼户者，夷人所称，又非人家所养。克乃按《夔州图经》，称峡中人谓鸬鹚为"乌鬼"。蜀人临水居者，皆养鸬鹚，绳系其颈，使之捕鱼，得鱼则倒提出之，至今如此。予在蜀中，见人家养鸬鹚使捕鱼，信然，但不知谓之"乌鬼"耳。

【译文】

读书人刘克广博阅览奇书。杜甫的诗说：“家家养乌鬼，顿顿食黄鱼。”世上解说的人都认为夔州、三峡一带现在还有鬼户，是蛮夷人，他们的首领称为“鬼主”。但是并没有听说过有乌鬼的说法。而且鬼户是蛮夷人的称法，并非家庭喂养的东西。刘克就根据《夔州图经》，声称三峡的人称鸬鹚为“乌鬼”。住在水边的蜀人都养鸬鹚，用绳子系住它的脖子，让它们去捕鱼，捕到鱼之后就把鸬鹚倒提着让它把鱼吐出来，到现在都是这样做。我在蜀中时看见人们养鸬鹚让它们捕鱼，的确是如此，但不知道把它们叫作“乌鬼”。

杜 甫

隐士魏野

【原文】

蜀人魏野隐居不仕宦，善为诗，以诗著名，卜居陕州东门之外。有《陕州平陆县》诗云：“寒食花藏县，重阳菊绕湾。一声离岸橹，数点别州山。”最为警句。所居颇潇洒，当世显人多与之游，寇忠愍尤爱之。尝有《赠忠愍》诗云：“好向上天辞富贵，却来平地作神仙。”后忠愍镇北都，召野置门下。北都有妓女美色，而举止生梗，士人谓之“生张八”。因府会，忠愍令乞诗于野，野赠之诗曰：“君为北道生张八，我是西州熟魏三。莫怪樽前无笑语，半生半熟未相谙。”吴正宪《忆陕郊》诗曰：“南郭迎天使，东郊访隐人。”“隐人”谓野也。野死，有子闲，亦有清名，今尚居陕中。

【译文】

蜀人魏野隐居不做官，擅长写诗，以诗写得好而闻名，居住在陕州东门之外。他有一首诗《陕州平陆县》写道：“寒食花藏县，重阳菊绕湾。一声离岸橹，数点别州山。”是最绝妙的句子。魏野生活得非常潇洒，当时的尊贵显达之人多与他有来往，其中寇忠愍特别喜欢他。魏野曾经写过一首《赠忠愍》的诗说：“好向上天辞富贵，却来平地作神仙。”后来寇忠愍镇守北都，将魏野安排到他的门下。北都有一个妓女非常美丽，但行为举止却非常生硬倔强，文人称她为“生张八”。趁着州府举行宴会，寇忠愍让她向魏野讨一首诗，魏野赠与她的诗写道：“君为北道生张八，我是西州熟魏三。莫怪樽前无笑语，半生半熟未相谙。”吴正宪的《忆陕郊》写道：“南郭迎天使，东郊访隐人。”“隐人”就是指魏野。魏野死后留下一个儿子名为魏闲，也有很清高的名声，现在还住在陕中。

牡丹花图

【原文】

欧阳公尝得一古画牡丹丛，其下有一猫，未知其精粗。丞相正肃吴公与欧公姻家，一见曰：“此正午牡丹也。何以明之？其花披哆而色燥，此日中时花也，猫眼黑睛如线，此正午猫眼也。有带露花，则房敛而色泽。猫眼早暮则睛圆，日渐中狭长，正午则如一线耳。”此亦善求古人笔意也。

【译文】

欧阳修曾经得到一幅古画，画的是牡丹花，花丛下面有一只猫，不知道这画是精妙还是粗陋。丞相吴育与欧阳修是儿女亲家，一看这幅画就说：“这是正午的牡丹。凭什么这样说呢？这些花的花瓣张开而且色彩干燥，这是中午时的花。猫的黑眼仁就像一条线，这是正午时分的猫眼。有带露水的花，那么花房收敛而色彩润泽。猫眼在早晨和黄昏的时候都是圆的，接近中午逐渐变得细长，到正午的时候就是一根线了。”这种认识也是善于推求理解古人的笔意的。

霓裳曲

【原文】

《国史补》言："客有以《按乐图》示王维，维曰：'此《霓裳》第三叠第一拍也。'客未然。引工按曲乃信。"此好奇者为之。凡画奏乐，止能画一声，不过金石管弦同用一字耳，何曲无此声，岂独《霓裳》第三叠第一拍也？或疑舞节及他举动拍法中别有奇声可验，此亦不然。《霓裳曲》凡十三叠，前六叠无拍，至第七叠方谓之"叠遍"，自此始有拍而舞作，故白乐天诗云："中序擘騞初入拍。""中序"即第七叠也。第三叠安得有拍？但言"第三叠第一拍"，即知其妄也。或说尝有人观画《弹琴图》，曰："此弹《广陵散》也。"此或可信。《广陵散》中有数声，他曲皆无，如拨攦声之类是也。

【译文】

《国史补》记载："有个客人拿着《按乐图》给王维看，王维说：'这幅画上正在演奏的乐曲是《霓裳曲》的第三叠第一拍'。客人不认为是这样，让乐工们演奏了这支乐曲才相信。"这个故事是那些喜欢猎奇的人编的。所有画奏乐的图，都只能画一个声音被奏出时的情形，不过金、石、管、弦同时用一个字罢了，但什么曲子又没有这样一个音，哪里唯独是《霓裳》第三叠第一拍呢？有的人疑心是舞曲的节奏以及其他动作和拍法中别有其他乐音可以验证，这也不是如此。《霓裳曲》共有十三叠，前六叠没有拍，到第七叠才称为"叠遍"，从这里才开始有拍而有舞蹈动作，所以白居易的诗说："中序擘騞初入拍。""中序"就是第七叠，第三叠怎么有拍呢？只说"第三叠第一拍"，就知道这是错误的。有人说曾有人观看《弹琴图》这幅画说："这是弹奏《广陵散》。"这或许是可信的，《广陵散》中有几个音，别的曲子全没有，如拨攦声这种音就是。

活　笔

【原文】

度支员外郎宋迪工画，尤善为平远山水。其得意者，有《平沙雁落》《远浦帆归》《山市晴岚》《江天暮雪》《洞庭秋月》《潇湘夜雨》《烟寺晚钟》《渔村落照》，谓之“八景”，好事者多传之。往岁小窑村陈用之善画，迪见其画山水，谓用之曰：“汝画信工，但少天趣。”用之深服其言，曰：“常患其不及古人者，正在于此。”迪曰：“此不难耳，汝先当求一败墙，张绢素讫，倚之败墙之上，朝夕观之。观之既久，隔素见败墙之上，高平曲折，皆成山水之象，心存目想：高者为山，下者为水；坎者为谷，缺者为涧；显者为近，晦者为远；神领意造，恍然见其有人禽草木飞动往来之象，了然在目，则随意命笔，默以神会，自然境皆天就，不类人为，是谓‘活笔’。”用之自此画格日进。

【译文】

度支员外郎宋迪擅长绘画，尤其善于画平阔广远的山水画。他得意的作品有《平沙雁落》《远浦帆归》《山市晴岚》《江天暮雪》《洞庭秋月》《潇湘夜雨》《烟寺晚钟》《渔村落照》，称为“八景”，喜好的人将它们到处传扬。往年小窑村陈用之善于画画，宋迪看了他画的山水，告诉用之说：“你的画的确很精妙，但是少了天然的意趣。”陈用之对这种说法很是信服，说：“我常常忧虑自己的画有比不上古人的地方，正是在这里。”宋迪说：“这也不难，你应当先找一堵残败的土墙，把白色的绢全部展开，将它贴在破墙上，早晚观察它，观察久了，隔着绢看败墙上面，高低平坦曲折的地方，都构成了山水的景象。心里存着形象，眼睛细看：高的是山，低的是水，坑穴是山谷，空缺是山涧，明显的是近景，模糊的是远景。心神领会，恍然见到有人、鸟、草木飞动往来的景象，清清楚楚地映在眼中，就随意动笔，默默地用心神引导，景物自然都是天然成就，而不像是人工造作的。这叫作活笔。”从此以后，陈用之画的格调日益提高。

《乐毅论》碑

【原文】

王羲之书，旧传惟《乐毅论》乃羲之亲书于石，其他皆纸素所传。唐太宗裒聚二王墨迹，惟《乐毅论》石本在。其后随太宗入昭陵。朱梁时，耀州节度使温韬发昭陵得之，复传人间。或曰："公主以伪本易之，元不曾入圹。"本朝入高绅学士家。皇祐中，绅之子高安世为钱塘主簿，《乐毅论》在其家，予尝见之。时石已破缺，末后独有一"海"字者是也。其家后十余年，安世在苏州，石已破为数片，以铁束之。后安世死，石不知所在。或云："苏州一富家得之。"亦不复见。今传《乐毅论》，皆摹本也，笔画无复昔之清劲。羲之小楷字于此殆绝；《遗教经》之类，皆非其比也。

【译文】

乐 毅

王羲之的书法，以前据说只有《乐毅论》是王羲之亲笔写在石上，其他的都是写在纸上和绢帛上流传的。唐太宗收集了王氏父子的墨迹，保留的只有《乐毅论》石刻版本。后来它们随着唐太宗葬入昭陵。朱梁的时候，耀州节度使温韬挖开昭陵得到了它，使它又流传到人间。有人说："是公主将假的版本换掉了真的墨迹，二王的真迹原本就没有入墓穴。"本朝被收入高绅学士家。皇祐年间，高绅的儿子高安世任钱塘县主簿，《乐毅论》就在他家，我曾经见过。那时石头已残破了，在末尾只有一个"海"字的就是。他们家在后来的十多年中，高安世在苏州，石头已经残破为几片，用铁丝拴在一起。后来高安世去世，《乐毅论》的石块不知到哪里去了。有人说："苏州一个富人家得到了它。"也再没有见过。现在流传的《乐毅论》，都是临摹本，字的笔画不再有过去的清丽道劲。王羲之的小楷字从此几乎绝迹了，像《遗教经》这样的墨迹，都不能和它相提并论。

许　我

【原文】

贾魏公为相日，有方士姓许，对人未尝称名，无贵贱皆称“我”，时人谓之许我。言谈颇有可采，然傲诞，视公卿蔑如也。公欲见，使人邀召数四，卒不至。又使门人苦邀致之，许骑驴径欲造丞相厅事，门吏止之不可，吏曰：“此丞相厅门，虽丞郎亦须下。”许曰：“我无所求于丞相，丞相召我来。若如此，但须我去耳。”不下驴而去。门吏急追之不还，以白丞相。魏公又使人谢而召之，终不至。公叹曰：“许市井人耳，惟其无所求于人，尚不可以势屈，况其以道义自任者乎！”

【译文】

贾魏公做丞相的时候，有一个姓许的方士，对人从不称呼名字，无论贵贱都自称“我”，当时人们称呼他为“许我”，他言谈非常风趣有道理，但性情狂傲怪诞，对公卿贵族不屑一顾。贾魏公想要见他，四次派人邀请他，最终也不来。又派门人苦苦相邀，才把他请来。许我骑着驴子直接要进入丞相客厅，门吏拦住他不让他进入，门吏说：“这是丞相的厅门，即使是寺丞郎官也要下马。”许我说：“我没有什么要求助于丞相，是丞相邀请我来的，如果是这样，那么我就离开吧。”便不下驴而离去。门吏急忙追他，许我不回。门吏将事情经过告诉丞相，丞相又派人道歉并邀请他，但许我终究没有去。魏公感叹说：“许我不过是一个平民，只因为他对别人无所求，尚且不能用权势屈服，更何况以道义为己任的人呢！”

隙积术和会圆术

【原文】

算术求积尺之法，如刍萌、刍童、方池、冥谷、堑堵、鳖臑、圆锥、阳马之类，物形备矣，独未有“隙积”一术。古法，凡算方积之物，有“立方”，谓六幕皆鳖臑、圆方者，其法再自乘则得之。有“堑堵”，谓如土墙者，两边杀，两头齐，其法并上广折半以为之广，以直高乘之，又以直高为股，以上广减下广，余者半之为勾，勾股求弦，以为斜高。有“刍童”，谓如覆斗者，四面皆杀，其法倍上长加入下长，以上广乘之，倍下长加入上长，以下广乘之，并二位法，以高乘之，六而一。“隙积”者，谓积之有隙者，如累棋、层坛及酒家积罂之类。虽似覆斗，四面皆杀，缘有刻缺及虚隙之处，用“刍童法”求之，常失于数少。予思而得之，用“刍童法”为上行、下行，别列下广，以上广减之，余者以高乘之，六而一，并入上行。假令积罂：最上行纵横各二罂，最下行各十二罂，行行相次，先以上二行相次，率至十二，当十一行也。以“刍童法”求之，倍上行长得四，并入下长得十六，以上广乘之，得之三十二，又倍下二长得十六，并入上长，得四十六，以下广乘之，得三百一十二，并二位得三百四十四，以高乘之，得三千七百八十四，重列下广十二，以上广减之余十，以高乘之，得一百一十，并入上行，得三千八百九十四，六而一，得六百四十九，此为罂数也。“刍童”求见实方之积，“隙积”求见合角不尽，益出羡积也。履亩之法，方圆曲直尽矣，未有“会圆”之术。凡圆田，既能拆之，须使会之复圆。古法惟以中破圆法拆之，其失有及三倍者。予别为“拆会”之术，置圆田径半之以为弦，又以半径减去所割数，余者为股，各自乘，以股除弦，余者开方除为勾，倍之为割田之直径，以所割之数自乘，退一位倍之，又以圆径除所得，加入直径，为割田之弧。再割亦如之，减去已割之数，则再割之数也。此二类皆造微之术，古书所不到者，漫志于此。

【译文】

算术中求物体体积的方法，比如刍萌、刍童、方池、冥谷、堑堵、鳖臑、圆锥、阳马等，各种物体的形状都很齐全完备了，单单没有隙积这一种算法。古代的算法，只要是计算物体的体积，有立方体，是指六个面都是正方的物体，它的计算方法是把一条边自乘二次便求得了。有堑墙，就是像土墙一样的形状的物体，两个墙面是倾斜的，两头的面是直立的。它的截面积的算法是把上、下底面的宽相加，除以二，作为截面的宽，用直高与它相乘就得。再将直高作为股，用上底面的宽减去下底面的宽，得到的差数除以二作为勾，用勾股定理算出弦，便是它的斜边长。有刍童，就是形状像倒扣在地上的斗，四个侧面都是斜面。它的计算方法是：把上底面的长乘以二，加上下底面的长，再用上底面的宽乘它，把下底面的长乘以二，加上底面的长，再用下底面的宽乘它；加上这二项，用高乘它们，再取它的六分之一，便得到了它的体积。“隙积”是说体积有空隙的堆垛体，像垒起来的棋子、分层建造的土坛和酒店里堆起的酒坛一类的东西。虽然像倒扣的斗，四个侧面都是斜的，但是由于边缘有残缺和空隙的地方，若用“刍童法”计算，得出的数字往往比实际的数要少。我想出了一种算法；用“刍童法”算出它的上位、下位，另外列出它的下底宽，减去上底宽，将这一差数乘以高，取其六分之一，并入前面的数目就可以了。假设有堆垛的酒坛子，顶上层长、宽都是两只坛子，最底层长、宽都是十二只坛子，一层层相互错开垛好。先从顶上层数起，数到有十二只坛子的地方，恰好是十一层。用“刍童法”来计算，把上层的长乘以二得四，加下层的长得十六，用上层的宽来乘它，得三十二。又用下层的长乘以二得二十四，加以上层长得二十六，用下层的宽来乘以它，得三百一十二。上、下两位相加，得三百四十四，乘以高得三千七百八十四。另外将下层的宽十二减去上层的宽，得十，与高相乘，得一百一十。加上前面的数字得三千八百九十四。取它的六分之一，得六百四十九。这便是酒坛子的数目。运用“刍童法”算出的是“实方”的体积，运用“隙积法”算出的是截剩部分拼合成的体积，可以算出多余的体积。丈量土地的方法，方、圆、曲、直的都有了，但是没有会圆的算法。凡是圆形土地，既能够拆开它，又必须让它合起来能够恢复圆形。古代的算法只有“中破圆法”拆开来计算，它的误差有达到三倍的。我另外发明了一种拆开、会合的方法；设置一块圆形的土地，用它的直径的一半作为弦；再以半径减掉所割下的弧形的高，它们的差数作为股。弦、股各自开平方，减去股的平方，它们的差数开平方作为勾，再乘以二，便是割下的弧形田的弦长。再割一块田，它的算法也是这样，将总的弧长减去已割部分的弧长，便是第二次割田的弧长了。这两类方法都是涉及精微的算法，是古书里没有涉及到的，所以随意记录在这里。

造　弓

【原文】

予伯兄善射，自能为弓。其弓有六善：一者性体少而劲；二者和而有力；三者久射力不屈；四者寒暑力一；五者弦声清实；六者一张便正。凡弓性体少则易张而寿，但患其不劲。欲其劲者，妙在治筋。凡筋生长一尺，乾则减半；以胶汤濡而梳之，复长一尺，然后用，则筋力已尽，无复伸弛。又揉其材令仰，然后傅角与筋，此两法所以为筋也。凡弓节短则和而虚，“虚”谓挽过吻则无力。节长则健而柱，“柱”谓挽过吻则木强而不来。“节”谓把梢裨木，长则柱，短则虚。节若得中则和而有力，仍弦声清实。凡弓初射与天寒，则劲强而难挽；射久、天暑，则弱而不胜矢，此胶之为病也。凡胶欲薄而筋力尽，强弱任筋而不任胶，此所以射久力不屈、寒暑力一也。弓所以为正者，材也。相材之法视其理，其理不因矫揉而直中绳，则张而不跛。此弓人之所当知也。

【译文】

我的大哥擅长射箭，自己能够制作弓。他造的弓有六个优点：一是弓形体小却很有强劲；二是弓容易拉开而有力；三是多次发射，弓力不会减弱；四是天寒暑热，弓力始终如一；五是开弓时弦声清脆而且坚实；六是拉弓时弓体正，不会偏扭。凡是弓的弓体轻巧就容易拉开，而且寿命长，只是怕弓力不强劲。要

想弓力强劲，关键在整治筋。大凡一尺长的筋，干了后长度就减去一半，用胶汤浸泡而后梳理直，又恢复到一尺，然后再使用，那么筋力已涨到尽头，不能再伸长了。再揉制做弓的材料，让它向开弓的反方向仰曲，然后再绑上角和筋。这两种方法都是用来整治筋。凡是弓的弓节短，弓就容易开，但是弹力小，这是说将弓弦拉过射箭人的口角部位，但是缺少弹力。弓节长的，那么弓就硬而难开，这是说将弓弦拉过射箭人的口角部位，弓臂木材强硬而不随势变曲。弓节是指弓柄上安装的衬木，衬木长就难拉开，衬木短就缺少弹力。如果弓节适中的话，那么弓就容易开而且有弹力，同时弦声清脆而坚实。大凡弓刚刚开始使用或在天寒时，弓就强劲而难于拉开；射久了或遇到天热的时候，弓就软弱而不能发箭。这都是胶造成的毛病。一般弓的胶要涂得薄，而筋力要涨透。弓的强弱依靠筋而不靠胶。这是弓久射而力量不衰，天寒暑热而弹力始终一致的原因。弓之所以能端正，取决于所用的材料。挑选材料的方法是观察木材的纹理，木纹不经过矫正就是直的，开弓时就不会偏斜。这是制弓的人应当明白的道理。

活版印刷

【原文】

版印书籍，唐人尚未盛为之。自冯瀛王始印《五经》，已后典籍，皆为板本。庆历中，有布衣毕昇又为活版。其法用胶泥刻字，薄如钱唇，每字为一印，火烧令坚。先设一铁板，其上以松脂腊和纸灰之类冒之。欲印则以一铁范置铁板上，乃密布字印。满铁范为一板，持就火炀之，药稍熔，则以一平板按其面，则字平如砥。若止印三二本，未为简易，若印数十百千本，则极为神速。常作二铁板，一板印刷，一板已自布字，此印者才毕，则第二板已具，更互用之，瞬息可就。每一字皆有数印；如“之”“也”等字，每字有二十余印，以备一板内有重复者。不用则以纸贴之，每韵为一贴，木格贮之。有奇字素无备者，旋刻之，以草火烧，瞬息可成。不以木为之者，木理有疏密，沾水则高下不平，兼与药相粘，不可取。不若燔土，用讫再火令药熔，以手拂之，其印自落，殊不沾污。昇死，其印为予群从所得，至今保藏。

【译文】

雕版印刷书籍，唐朝人还没有广泛使用。从五代时冯道雕版印《五经》开始，以后的经籍书册，都采用刻版印刷了。庆历年间，有个平民毕昇又创造了活版印刷。他的方法是用黏土刻字，像铜钱的边那样厚薄，每一个字做成一个印，用火烧使它坚硬。先准备一块铁板，在上面用松脂、蜡和纸灰之类的药料覆盖，要印的时候就把一个铁框放在铁板上，将字密密地排上，排满一铁框为一板，拿着靠近火上去烘烤，药逐渐熔化，就用一块平板按在上面，这样铁板上的字印就像磨刀石一般平整了。如果只印二三本的话，还不算简便，如果印数十成百上千本，就极为神速了。经常准备两块铁板，一块板在印刷，一块板已在排字，这块板刚刚印完，第二块板已经排好。两块板交互使用，瞬息之间就可以完成。每一个字都有好几个印，例如“之”、“也”等字，每个字有二十多个印，是为了准备一块板内有重复的字。不用的时候，就用纸写成标签贴上，每一个韵的字作为一个标签，用木格把字印储存起来。遇到平时未曾准备的生僻字，马上刻制，用草火烧，转眼间就能用了。不用木材做字印，是因为木材纹理有疏密，沾上水就高低不平，同时木材和药料相粘，不能取下来，不如烧土制印，用完以后再用火烤使药熔化，用手拂拭，字印就自然落下来，完全不沾药料。毕昇死后，他的字印被我的侄子们得到了，至今珍藏着。

卫　朴

【原文】

淮南人卫朴精于历术，一行之流也。《春秋》日蚀三十六，诸历通验，密者不过得二十六七，唯一行得二十九；朴乃得三十五。唯庄公十八年一蚀，今古算皆不入蚀法，疑前史误耳。自夏仲康五年癸巳岁，至熙宁六年癸丑，凡三千二百一年，书传所载日食，凡四百七十五。众历考验，虽各有得失，而朴所得为多。朴能不用算推古今日月蚀，但口诵乘除，不差一算。凡“大历”悉是算数，令人就耳一读，即能暗诵；“傍通历”则纵横诵之。尝令人写历书，写讫，令附耳读之，有差一算者，读至其处，则曰：“此误某字。”其精如此，大乘除皆不下照位，运筹如飞，人眼不能逐。人有故移其一算者，朴自上至下，手循一遍，至移算处，则拨正而去。熙宁中，撰《奉元历》，以无候簿，未能尽其术。自言得六七而已，然已密于他历。

【译文】

淮南人卫朴，精通历法，是像唐代僧人一行之类的人物。《春秋》上记载三十六次日食，用各种历法逐一验证，精密的仅仅推算出二十六七次，只有一行推算出二十九次，卫朴却推算出三十五次，只有鲁庄公十八年的一次日食，用古今的算法都不能推算出来，恐怕是前代史书记载错了。从夏朝仲康五年癸巳岁到熙宁六年癸丑岁，共有三千二百零一年，史书文献记载的日蚀共有四百七十五次。用各种历法考查验证，虽然各有差异，但是卫朴推算出来的最多。卫朴能够不用算码推算古今的日月食，只用口算乘除，不差错一个数字。凡是大历的所有数字，让人在耳边读一遍，就能暗中背诵。“傍通历”他能够纵横背诵。曾经叫人抄写历书，写完后让人贴在耳边读给他听，有差错一个数字的，读到那儿，就说：“这里错了某字。”他精确到了这种程度。大数字的乘除都不用定位，把算码拨得飞快，旁人的眼睛也跟不上。有人故意移动了一个算码，卫朴用手从上至下摸一遍，摸到移动了算码的地方，随即拨回到原来的位置。熙宁年间，编撰《奉元历》，因为缺乏观察记录，未能充分发挥他的技艺，他自己说《奉元历》的准确度只不过有六七成而已，但是已经比其他历法精密了。

毛发与五脏

【原文】

医者所论人须发眉虽皆毛类，而所主五脏各异，故有老而须白眉发不白者，或发白而须眉不白者，脏气有所偏故也。大率发属于心，禀火气，故上生；须属肾，禀水气，故下生；眉属肝，故侧生。男子肾气外行，上为须，下为势；故女子、宦人无势，则亦无须，而眉发无异于男子，则知不属肾也。

【译文】

医生说的人的须发、眉毛都是属于毛类，但它们所从属的五脏又各不相同，所以有上了年纪胡须白而眉毛头发却不白的人，有头发白而胡须眉毛不白的人，这都是从属的内脏器官的功能各有所偏重的缘故。一般是头发属于心，承受火气的影响，所以生在上面；胡须属于肾，承受水气的影响，所以生在下面；眉毛属于肝，所以生在两侧。男子肾气外行，上为胡须，下为外生殖器官，因为女子、太监没有男性生殖器，所以也就没有胡须，而头发眉毛和男子没有不同，所以知道它不属于肾。

芎䓖与苦参

【原文】

予一族子旧服芎䓖，医郑叔熊见之，云："芎䓖不可久服，多令人暴死。"后族子果无疾而卒。又予姻家朝士张子通之妻，因病脑风，服芎䓖甚久，亦一旦暴亡。皆予目见者。又予尝苦腰重，久坐则旅距十余步然后能行，有一将佐见予曰："得无用苦参洁齿否？"予时以病齿用苦参数年矣。曰："此病由也。苦参入齿，其气伤肾，能使人腰重。”后有太常少卿舒昭亮用苦参揩齿，岁久亦病腰。自后悉不用苦参，腰疾皆愈。此皆方书旧不载者。

【译文】

我有一个侄子原来服用芎䓖，医生郑叔熊见了，说：“芎䓖不能够长久服用，常使人突然死亡。”后来我的侄子果然无病而死亡。另外，我的亲家朝官张子通的妻子，因为患头风病，服用芎䓖很长时间了，也在一天突然死去。这都是我亲眼看到的。另外，我曾经因为腰部沉重苦恼，坐久了要艰难地蹒跚十几步然后才能行走，有一个将官看到我这样，问：“是不是用苦参擦牙齿了？”我当时患牙病，用苦参擦牙几年了。他说：“这就是患病的原因。苦参进到牙齿里，其药性伤肾，能使人腰部沉重。”后来有太常少卿舒昭亮用苦参擦牙，时间长了也有腰痛的毛病。从那以后我们都不用苦参擦牙，腰病也都好了。这些都是以前的药书中没有记载的。

僧医奉真

【原文】

四明僧奉真，良医也。天章阁待制许元为江、淮发运使，奏课于京师，方欲入对，而其子疾亟，瞑而不食，惙惙欲死，逾宿矣。使奉真视之，曰：“脾已绝，不可治，死在明日。”元曰：“观其疾势，固知其不可救，今方有事须陛对，能延数日之期否？”奉真曰：“如此似可。诸脏皆已衰，唯肝脏独过。脾为肝所胜，其气先绝，一脏绝则死。若急泻肝气，令肝气衰，则脾少缓，可延三日。过此无术也。”乃投药，至晚乃能张目，稍稍复啜粥，明日渐苏而能食。元甚喜，奉真笑曰：“此不足喜，肝气暂舒耳，无能为也。”后三日果卒。

【译文】

四明僧人奉真，是高明的医生。天章阁侍制许元做江淮发运使，回京向皇上奏报漕运劳绩，正要进宫奏对，他的儿子患急病，闭着眼睛吃不下东西，忧愁欲死，已有一夜时间了。请奉真来诊视，奉真说："脾已经完全散失了功能不可医治，明日就会死。"许元说："看他的病势，就知他不可救治，但我现在正有事必须入朝当面奏对，能不能延长几天期限呢？"奉真说："这样似乎还可以，虽然他的各种内脏功能已经衰竭，但只有肝脏过于旺盛。脾脏被肝脏所克，脾气必定丧失，任何一脏丧去功能就会死。如果立刻疏泻肝气，让肝气衰减，那么脾就能稍微缓解，可以延长三天时间，三天过后就没有办法了。"于是下了药，到了晚上病人就张开眼睛，又稍微喝了点粥，第二天渐渐苏醒能吃些饭了。许元很高兴，奉真笑着说："这不值得高兴，不过肝气暂时舒缓罢了，不能解决什么问题。"三天过后，许元的儿子果然死了。

古　器

【原文】

礼书所载黄彝，乃画人目为饰，谓之"黄目"。予游关中，得古铜黄彝，殊不然。其刻画甚繁，大体似"缪篆"，文如栏盾间所画回波曲水之文，中间有二目，如大弹丸，突起煌煌然，所谓"黄目"也。视其文，仿佛有牙角口吻之象。或谓"黄目"乃自是一物。又予昔年在姑熟王敦城下土中得一铜钲，刻其底曰："诸葛士全茖鸣钲"。"茖"即古"落"字也，此"部落"之"落"。士全，部将名。钲中间铸一物，有角，羊头，其身亦如篆文，如今时术士所画符。傍有两字，乃大篆"飞廉"字。篆文亦古怪。则钲间所图，盖"飞廉"也，飞廉，神兽之名。淮南转运使韩持正亦有一钲，所图飞廉及篆字，与此亦同。以此验之，则"黄目"疑亦是一物。"飞廉"之类，其形状如字非字，如画非画，恐古人别有深理。大抵先王之器，皆不苟为。昔夏后铸鼎，以知神奸。殆亦此类，恨未能深究其理，必有所谓。或曰："礼图樽彝皆以木为之，未闻用铜者。"此亦未可质，如今人得古铜樽者极多，安得言无？如《礼图》瓮以瓦为之,《左传》却有"瑶瓮"。律以竹为之，晋时舜祠下乃发得"玉律"，此亦无常法。如"蒲谷璧"，《礼图》悉作草稼之象，今世人发古冢，得蒲璧，乃刻文蓬蓬如蒲花敷时，谷璧如粟粒耳。则《礼图》亦未可为据。

【译文】

礼书记载的黄彝，本来是画人眼作为装饰，叫作"黄目"。我游历关中时，获得一个古铜黄彝，完全不是这样。上面刻画繁多，花纹大体上像缪篆，又像栏杆、盾牌上所画的回旋的水波纹，中间有两只眼睛，像大弹丸，凸出来很光亮，这就是所说的"黄目"。观察上面的花纹，仿佛有牙、角、嘴、唇的图像。有人说黄目自己本身是一种器物。另外，我从前在姑熟王敦城下泥土中发现一面铜钲，它的底部刻有"诸葛士全茖鸣钲"字样。"茖"就是古代的"落"字，这是"部落"的"落"。士全是部将的名字。铜钲中间铸有一种东西，有角，羊头，它的身子也像篆文，就像今天江湖术士画的符咒。旁边有两个字，是大篆书"飞廉"字，篆文书法也古怪，显然铜钲中间铸的图案就是"飞廉"。飞廉，是神兽的名字。淮南转运使韩持正也有一面铜钲，所画的飞廉以及篆字，与这面铜钲相同。根据这个验证，怀疑"黄目"也应该是一种神物，是"飞廉"一类的东西。钲上的图形像文字又不是文字，像图画又不是图画，恐怕古人另有深刻道理，大都数先王的器皿，都不是随意造作的。古代夏后氏铸造大鼎，来知晓神物奸邪，大概也属此类。遗憾的是我未能深刻探究其中的道理，必然是有讲究的。有人说："《礼图》中所记的酒樽都是用木制作的，从未听说过用铜的。"这一说法也不可推敲，现在的人们得到古铜樽的很多，怎能说没有呢？又如《礼图》说"瓮用瓦制作"，而《左传》中却有玉瓮；律管用竹制作，而晋代时在舜的祠庙下却发掘出玉制的律管。这也没有固定的规则。比如蒲谷璧，《礼图》刊载的都是草、禾苗的图像，现在的人们发掘古墓得到的蒲璧，镂刻的花纹却蓬蓬松松如蒲花绽放的时候，谷璧花纹像谷子颗粒。所以,《礼图》也不能作为依据。

神臂弓

【原文】

熙宁中，李定献偏架弩似弓而施干镫。以镫距地而张之，射三百步，能洞重札，谓之“神臂弓”，最为利器。李定本党项羌酋，自投归朝廷，官至防团而死。诸子皆以骁勇雄于西边。

【译文】

熙宁年间，李定进献了一台偏架弩，形状像弓，但装有连杆和踏脚。把踏脚踩到地上把弓拉开，能射三百步远，能射穿铠甲上的几层铁片，称为“神臂弓”，是一种最具杀伤力的兵器。李定本来是党项羌的首领，自愿投降归附朝廷，做官直做到防御使、团练使才去世。他的几个儿子都因为勇猛矫健在西北边地称雄。

凸面镜

【原文】

古人铸鉴，鉴大则平，鉴小则凸。凡鉴洼则照人面大，凸则照人面小。小鉴不能全观人面，故令微凸，收人面令小，则鉴虽小而能全纳人面。仍复量鉴之小大，增损高下，常令人面与鉴大小相若。此工之巧智，后人不能造。比得古鉴，皆刮磨令平，此师旷所以伤知音也。

【译文】

古人制作镜子，镜面大就做成平的，镜面小就做成凸面的。镜子凡是凹面的，照出的人面就大，镜面凸的，照出的人面就小。小镜子无法照出人脸的全部，所以让它微微凸起，使照出的人脸形缩小，那么镜子虽小，却可以照出人的整个脸。同时，在铸镜时要测量镜子的大小，根据这个来增减镜子的凸凹，总是使照出的人脸与镜子的大小相当。这是工匠的奇巧智慧，后人不能制作。近来人们得到古镜，都将它刮磨成平的，这正是师旷哀叹缺少知音的原因。

古 剑

【原文】

古剑有“沈卢”、“鱼肠”之名。（“沈”音“湛”）“沈卢”谓其湛湛然黑色也。古人以剂钢为刃，柔铁为茎干，不尔则多断折。剑之钢者，刃多毁缺，“巨阙”是也，故不可纯用剂钢。“鱼肠”即今“蟠钢剑”也，又谓之“松文”。取诸鱼燔熟，褫去胁，视见其肠，正如今之“蟠钢剑”文也。

【译文】

古代有叫作“沈卢”和“鱼肠”的著名宝剑，“沈卢”是说剑有深黑色的光泽。古人用剂钢做刃，用柔铁做剑身，不这样，剑就容易断折。过分刚硬的剑，剑刃容易毁缺，“巨阙”就是这样的，所以不能全用剂钢。“鱼肠”剑就是现在的“蟠钢剑”，又叫作“松文”剑。把鱼烧熟去掉肋部以后，人们看到鱼肠子的形状，正像现在的“蟠钢剑”的花纹一样。

海 州 弩 机

【原文】

予顷年在海州，人家穿地得一弩机，其“望山”甚长，“望山”之侧为“小矩”，如尺之有分寸。原其意，以目注镞端，以“望山”之度拟之，准其高下，正用算家勾股法也。《太甲》曰：“往省括于度则释”，疑此乃度也。汉陈王宠善弩射，十发十中，中皆同处。其法以“天覆地载，参连为奇，三微三小，三微为经，三小为纬，要在机牙”。其言隐晦难晓。大意天覆地载，前后手势耳；参连为奇，谓以度视镞，以镞视的，参连如衡，此正是勾股度高深之术也。三经三纬，则设之于堋，以志其高下左右耳。予尝设三经三纬，以镞注之，发矢亦十得七八。设度于机，定加密矣。

【译文】

我几年前在海州时，有人挖地得到了一个弩机，弩机的“望山”很长，“望山”的旁边有小的标记，就像尺子一样有分寸刻度。推究它的用意，是用眼睛瞄准箭头，用“望山”的刻度来校准，从而确定箭头的高低。这正是使用了算术家的勾股定理。《太甲》上记载说：“射箭的时候，当看到箭尾和刻度相合时就放箭。”估计就是这种刻度。汉代陈王刘宠擅长射弩箭，十发十中，而且都射中同一处。他的方法是“天覆地载，参连为奇，三微三小，三微为经，三小为纬，要在机牙”。这些话隐晦难懂，大概意思是“天覆地载”指发射时前后手的姿势。“参连为奇”是说用望山的刻度对准箭头，箭头对准目标，三点连成一条平直的线，这恰好是使用勾股原理测定高低的方法。“三经”、“三纬”，是划在箭靶上的三根垂直线和三根水平线，用来标明上下左右的位置。我曾经在箭靶上划出三经、三纬，用箭头瞄准它发射弩矢，发十枝也能射中七八枝。如果再在弩机上刻上刻度，就一定射得更准。

瘊　子　甲

【原文】

青堂羌善锻甲，铁色青黑，莹彻可鉴毛发，以麝皮为绠旅之，柔薄而韧。镇戎军有一铁甲，椟藏之，相传以为宝器，韩魏公帅泾原，曾取试之，去之五十步，强弩射之不能入。尝有一矢贯札，乃是中其钻空，为钻空所刮，铁皆反卷，其坚如此。凡锻甲之法，其始甚厚，不用火，冷锻之，比元厚三分减二，乃成。其末留箸头许不锻，隐然如瘊子，欲以验未锻时厚薄，如浚河留土笋也。谓之“瘊子甲”。今人多于甲札之背隐起伪为瘊子，虽置瘊子，但元非精钢。或以火锻为之，皆无补于用，徒为外饰而已。

【译文】

青堂羌人很会锻造铁甲，铁甲颜色青黑，表面光亮，可以照见毛发，用麝皮做带子串起来，柔薄而又坚韧。镇戎军有一副铁甲，用柜子珍藏着，作为宝物相传。韩魏公担任泾原守帅时，曾拿出来试验过，距甲五十步的地方，用强弩射它，不能射进去。曾有一枝箭射透了甲片，原来是射在穿绳的孔眼中，箭头被孔眼刮开，铁都反卷过来，它是这样坚硬。大凡锻甲的方法，开始时铁片很厚，不加热而冷锻，比原来的厚度减少三分之二就成了。它的末端留有筷子头大小的一块不锻，突出来像瘊子，用来检验没有锻打时的厚薄，好像在疏浚河渠时留下的土桩，这种甲叫作“瘊子甲”。现在的人往往在甲的背面造出突起的一块，假充瘊子，虽然有瘊子，但原来就不是用精钢锻制，或是加热锻打后做成的，都没什么作用，只能当装饰罢了。

唐代玉辂

【原文】

大驾玉辂，唐高宗时造，至今进御。自唐至今，凡三至太山登封，其他巡幸，莫记其数，至今完壮，乘之安若山岳。以措杯水其上而不摇。庆历中，尝别造玉辂，极天下良工为之，乘之动摇不安，竟废不用。元丰中，复造一辂，尤极工巧，未经进御，方陈于大庭，车屋适坏，遂压而碎。只用唐辂，其稳利坚久，历世不能窥其法。世传有神物护之。若行诸辂之后，则隐然有声。

【译文】

皇帝的玉辂大驾，是唐高宗时制作，到现在仍被皇帝使用。从唐朝到现在，总共三次到泰山封禅，其他巡幸各地的次数，真是数都数不清。到现在仍完好结实，坐上像山岳一样安稳。放置一杯水在上面都不会泼洒。庆历年中，曾经另外制作了一辆玉辂，穷极天下能工巧匠的能力来制作，皇帝坐上却动摇不稳，最后废弃而没有使用。元丰年中，又制作一辆玉辂，做工特别精致，还没有让皇帝乘坐，放置在大庭中，正赶上车屋倒塌，玉辂被压碎。以后，只用唐时制作的玉辂，它非常坚固经久耐用，历代都不能看破其中奥妙。人们相传有神物护卫它，如果它行走在其他车辆的后面，便会隐然出声。

雷斧雷楔

【原文】

世人有得雷斧、雷楔者，云："雷神所坠，多于震雷之下得之。"而未尝亲见。元丰中，予居随州，夏月大雷，震一木折，其下乃得一楔，信如所传。凡雷斧多以铜铁为之，楔乃石耳，似斧而无孔。世传雷州多雷，有雷祠在焉，其间多雷斧、雷楔。按《图经》："雷州境内有雷、擎二水，雷水贯城下，遂以名州。"如此则"雷"自是水名，言"多雷"乃妄也。然高州有电白县，乃是邻境，又何谓也？

【译文】

有人获得雷斧、雷楔，说："这是雷神掉下来的，大多在震雷下面得到。"但并没有人亲眼见过。元丰年间，我住在随州时，夏天打巨雷，震断了一棵树，在树下发现一个雷楔，的确像人们传说的那样。凡是雷斧用铜、铁做成，雷楔则是用石头做成，形状像斧头但没有孔。人们说雷州多有雷电，在那里还建有雷祠，里面有许多雷斧、雷楔。根据《图经》说："雷州境域内有雷和擎两条河水，雷河穿过城下，于是用雷作为州的名称。"这样说来那么"雷"自然是河流名称，说"多有雷电"是没有根据的。但是，高州有电白县，与雷州是邻县，这又是为什么呢？

山阳女巫

【原文】

山阳有一女巫，其神极灵，予伯氏尝召问之。凡人间物，虽在千里之外，问之皆能言；乃至人心中萌一意，已能知之。坐客方奕棋，试数白黑棋握手中，问其数，莫不符合。更漫取一把棋不数而问之，则亦不能知数。盖人心所知者，彼亦知之，心所无则莫能知。如季咸之见壶子，大耳三藏观忠国师也。又问以巾箧中物，皆能悉数。时伯氏有《金刚经》百册，盛大箧中，指以问之，其中何物？则曰："空箧也。"伯氏乃发以示之，曰："此有百册佛经，安得曰空箧？"鬼良久又曰："空箧耳，安得欺我？"此所谓文字相空，因真心以显非相，宜其鬼神所不能窥也。

【译文】

山阳有一个女巫，她的神机妙算非常灵验，我的长兄曾经召请她来询问。所有人间事物，即使在千里之外，问她她全都能说出来；甚至人们心里产生了一个什么念头，她都能知道。在座的一位客人正在下棋，试着将几颗黑白棋子握在手中，问她有多少颗，她的回答没有不符合事实的。又随意抓一把棋子没有数，问她有多少，她也不知道有多少。大概人们心里知道的，她也知道；人们心里不知道的，她也不知道。如同季咸见壶子，大耳三藏看忠国师一样。又问她箱子中所装的物品，她全能一一说清。当时长兄有一百册《金刚经》，装在大箱子中，长兄指着问她里面有什么，女巫回答说："是空箱子。"长兄于是打开箱子让她看，说："这里面有一百册佛经，怎么说是空箱。"女巫过了许久说："空箱子罢了，怎么能欺骗我。"这就是所说的用文字引导空无，依靠真心以显示非具体事物，就是连鬼神也不能窥视。

佛　牙

【原文】

熙宁中，予察访过咸平，是时刘定子先知县事，同过一佛寺。子先谓予曰："此有一佛牙甚异。"予乃斋洁取视之，其牙忽生舍利，如人身之汗，飒然涌出，莫知其数，或飞空中，或坠地。人以手承之，即透过。著床榻，摘然有声，复透下，光明莹彻，烂然满目。予到京师，盛传于公卿间。后有人迎至京师，执政官取入东府，以次流布士大夫之家，神异之迹，不可悉数。有诏留大相国寺，创造木浮图以藏之，今相国寺西塔是也。

【译文】

熙宁年间，我察访州县经过咸平，当时刘定（字子先）担任知县，与我一起游历一座佛寺。刘定对我说："这里有一颗佛牙，很是奇异。"我于是斋戒沐浴，取佛牙来看，佛牙忽然生出舍利子，像人身上的汗，大量快速涌出，不知道它们有多少，有的飞到空中，有的掉到地下。人用手去承接，立刻透过手掌，落到床上，哒哒有声，又透过床落下，明亮莹洁，灿烂夺目。我回到京城，在公卿大臣中广为传扬。后来有人将佛牙迎接到京城，执政官取来送入东府，渐渐流传到士大夫家中，神奇怪异的迹象，数都数不清。有诏书让它存留在大相国寺，建造木塔来收藏，这就是现在相国寺的西塔。

郑夷甫明死生

【原文】

吴人郑夷甫少年登科，有美才。嘉祐中，监高邮军税务，尝遇一术士，能推人死期，无不验者，令推其命，不过三十五岁。忧伤感叹，殆不可堪。人有劝其读《老》、

《庄》以自广。久之，润州金山有一僧，端坐与人谈笑间遂化去。夷甫闻之，喟然叹息曰："既不得寿，得如此僧。复何憾哉。"乃从佛者授《首楞严经》，往还吴中，岁余，忽有所见，曰："生死之理，我知之矣。"遂释然放怀，无复蒂芥。后调封州判官，预知死日，先期旬日，作书与交游亲戚叙诀，及次叙家事备尽。至期，沐浴更衣。公舍外有小园，面溪一亭洁饰，夷甫至其间，亲督人洒扫及焚香，挥手指画之间，屹然立化。家人奔出呼之，已立僵矣：亭亭如植木，一手犹作指画之状。郡守而下，少时皆至，士民观者如墙。明日，乃就敛。高邮崔伯易为墓志，略叙其事。予与夷甫远亲，知之甚详。士人中盖未曾有此事。

【译文】

吴中人郑夷甫，少年时考中进士，有很好的才学。嘉祐年间，监管高邮军税务，曾经遇到一位方士，能够推算人的死期，没有不应验的。郑夷甫让他推算寿命，不超过三十五岁。郑夷甫忧伤感叹，几乎不能承受。有人劝他读《老子》《庄子》，来开阔自己心胸。过了很久，润州金山寺有一个僧人，在端坐着与人谈笑时就死去了。郑夷甫听说后，长长地叹息说："既然不能长寿，能像这个僧人一样，又还有什么遗憾呢！"于是跟从僧人学诵《首楞严经》，回到吴中，过了一年多，忽然有所领悟，说道："生和死的道理，我已经知道了。"于是心胸开朗起来，不再存有不愉快。后来郑夷甫调任封州判官，事先测知死期，在死期之前十天，写信向朋友、亲戚告别，然后把家中的事全都说到了。到那一天，洗澡更换衣服。官署房舍外面有小园林，对着小溪有一亭子整洁清爽。郑夷甫到亭子里，亲自督促人打扫焚香，正举手指划的时候就站着去世了。家里的人跑出来呼唤他，他已经站着变僵硬了，直直地站着像栽下的树木，一只手还做出指画的样子。从郡守以下的官员，没多久都到了，来观看的士人和百姓围得像墙一样。第二天才穿衣敛棺。高邮人崔公度为他撰写墓志铭，大略记述了这件事。我和郑夷甫是远亲，对此事了解得十分详细。士人当中大概还没有过这种事。

吴僧文捷

【原文】

吴僧文捷戒律精苦，奇迹甚多，能知宿命，然罕与人言。予群从文通为知制诰，知杭州，礼为上客。文通尝学诵《揭帝咒》，都未有人知。捷一日相见曰："舍人诵咒，何故阙一句？"既而思其所诵，果少一句。浙人多言文通不寿。一日斋心往问捷，捷曰："公更三年为翰林学士，寿四十岁，后当为地下职仕事，权不减生时，与杨乐道待制联曹，然公此时当衣衰绖视事。"文通闻之，大骇曰："数十日前，曾梦杨乐道相过云：'受命与公同职事，所居甚乐，慎勿辞也。'"后数年，果为学士，而丁母丧，年三十九矣。明年秋，捷忽使人与文通诀别。时文通在姑苏，急往钱塘见之。捷惊曰："公大期在此月，何用更来？宜即速还。"屈指计之，曰："急行尚可到家。"文通如其言，驰还遍别骨肉，是夜无疾而终。捷与人言多如此，不能悉记，此吾家事耳。捷尝持如意轮咒，灵变尤多。瓶中水咒之则涌立。畜一舍利，昼夜转于琉璃瓶中，捷行道绕之，捷行速则舍利亦速，行缓则舍利亦缓。士人郎忠厚事之至谨，就捷乞一舍利，捷遂与之，封护甚严，一日忽失所在，但空瓶耳，忠厚斋戒延捷加持，少顷，见观音像衣上一物蠢蠢而动，疑其虫也，试取，乃所亡舍利。如此者非一。忠厚以予爱之，持以见归。予家至今严奉，盖神物也。

【译文】

吴中的僧人文捷，持守戒律很严格清苦，发生的奇异的事迹很多，能够预知命数，但是很少对别人说。我的侄子沈遘任知制诰，管理杭州，将他待为贵客。沈遘曾经学习诵读《揭帝咒》，从来没有人知道，文捷一天来见他，说：

“官人诵读咒文，为什么缺少一句？”沈遘后来回想自己所诵的咒文，果然少了一句。浙江的人大多说沈遘寿命不长。一天他斋戒前往问文捷，文捷说：“您再过三年，担任翰林学士，年龄四十岁。以后就在阴曹担任职事官，权限不低于活着的时候，与待制官杨乐道同署办事，但是您那时会穿丧服料理公务。”沈遘听了，十分惊骇地说：“几十天以前，我曾经梦见杨乐道来我家，说：‘我接到命令和您一起任职，居官很快乐，千万不要推辞。’”几年之后，沈遘果然做了学士，而正为母亲服丧，年龄三十九岁了。第二年秋天，文捷忽然派人与沈遘最后告别，当时沈遘住在姑苏，急忙赶往钱塘见他。文捷大惊，说：“您的大限在这个月，哪里用得着再来？应当急速赶回去。”扳着手指计算日程，说：“走得快还可以到家。”沈遘照文捷的话急速返还，向所有亲人告别，当天晚上无病而去世。文捷对别人预言大多像这样，不能全部记下来，这是我家中的事。文捷曾经拿着如意轮咒，灵验变化非常多。一念咒语，瓶子中的水就翻滚上涌。供奉了一枚舍利子，从早到晚在琉璃瓶中打转，文捷绕舍利子行走，人走得快舍利子就转得快，人走得慢舍利子就转得慢。士人郎忠厚侍奉文捷极其谨慎周到，向文捷求取一枚舍利子，文捷就将舍利子给了他，收藏封闭得十分严密，一天忽然找不到舍利子了，只剩下了空瓶子。郎忠厚斋戒，延请文捷来护持，一会儿，只见观音佛像的衣服上有一个东西，慢慢地蠕动，怀疑是虫子，试着捉住，原来是丢失的舍利子。像这样的事不止一件。郎忠厚因为我喜欢舍利子，就拿来给了我，我家到现在还恭敬地供奉着，这是神奇的东西。

水中佛经

【原文】

郢州渔人掷网于汉水，至一潭底，举之觉重。得一石，长尺余，圆直如断椽，细视之，乃群小蛤鳞次相比，绸缪巩固。以物试抉其一端，得一书卷，乃唐天宝年所造《金刚经》，题志甚详，字法奇古。其末云：“医博士摄比阳县令朱均施。”比阳乃唐州属邑不知何年坠水中，首尾略无沾渍，为土豪李孝源所得，孝源素奉佛，宝藏其书，蛤筒复养之水中，客至欲见，则出以视之。孝源因感经像之胜异，施家财万余缗，写佛经一藏于郢州兴阳寺，特为严丽。

【译文】

郢州渔人把网抛到汉水中网鱼，到一水潭底部，往上拖网时觉得很重。发现里面有一块石头，有一尺多长，圆而且直，就像椽木的断面一般。仔细察看，是一群小蛤蜊依顺序排列，紧密牢固地粘在一起。用东西试着打开它的一头，发现一个书卷，是唐代天宝年间所写的《金刚经》，题跋记事非常详细，字的笔法十分古朴。书卷末尾说："医博士摄比阳县令朱均施。"比阳是唐州下属的县，书卷不知哪年落入水中，从头到尾丝毫没有浸湿的痕迹，这本书卷被当地豪士李孝源得到。李孝源向来信奉佛教，把这卷书作为宝物珍藏，又把蛤蜊筒养在水里，有客人来到想看时，就取出来给他看。李孝源由于感受到了经像十分奇特的地方，就施放一万多缗钱的家财，写一部佛经收藏在郢州的兴阳寺中，写得特别庄重富丽。

虹

【原文】

世传虹能入溪涧饮水，信然。熙宁中，予使契丹，至其极北黑水境永安山下卓帐。是时新雨霁，见虹下帐前涧中，予与同职扣涧观之，虹两头皆垂涧中。使人过涧，隔虹对立，相去数丈，中间如隔绡縠。自西望东则见，(盖夕虹也)立涧之东西望，则为日所铄，都无所睹。久之稍稍正东，逾山而去。次日行一程，又复见之。孙彦先云："虹乃雨中日影也，日照雨即有之。"

【译文】

世人相传虹能到溪涧中喝水，确实如此。熙宁年间，我出使契丹国，到过他们最北边黑水境地的永安山下扎帐住宿。这时刚刚雨过天晴，见到一道虹下到营帐前的涧中。我和同职官员来到涧边观察，虹的两端都垂到涧中。派人过涧，隔着虹与我们相对站立，相距几丈远，中间像隔着一层薄纱。从西往东看，可以看到虹；（因为这是傍晚的虹）而站在涧的东边往西看，就被阳光照耀，什么都看不见。过了好久，虹渐渐向正东方向移动，越过山岭而消失。第二天走了一段路，又看到了虹。孙彦先说：“虹是雨中太阳光的影像，阳光照在雨上就有了虹。”

尸毗王墓

【原文】

延州天山之巅有奉国佛寺，寺庭中有一墓，世传尸毗王之墓也。尸毗王出于佛书《大智论》，言尝割身肉以饲饿鹰，至割肉尽。今天山之下有濯筋河，其县为肤施县。详“肤施”之义，亦与尸毗王说相符。按《汉书》：“肤施县乃秦县名。”此时尚未有佛书，疑后人傅会县名为说。虽有唐人一碑，已漫灭断折不可读。庆历中，施昌言镇鄜延，乃坏奉国寺为仓，发尸毗墓，得千余秤炭，其棺椁皆朽，有枯骸尚完，胫骨长二尺余，髑骨大如斗，并得玉环玦七十余件，玉冲牙长仅盈尺，皆为在位者所取。金银之物，即入于役夫。争取珍宝，遗骸多为拉碎，但贮一小函中埋之。东上阁门使夏元象时为兵马都监，亲董是役，为予言之甚详。至今天山仓侧昏后独行者，往往与鬼神遇，郡人甚畏之。

【译文】

延州天山顶上有座奉国佛寺，寺庙院中有一古墓，相传是尸毗王的墓。尸毗王出自佛书《大智论》，说他曾经割自己身上的肉来喂养饿鹰，直到将肉割尽。现在天山下面有条濯筋河，所处的县叫肤施县。考究“肤施”的意义，也与尸毗王的传说相吻合。据《汉书》记载，肤施县本是秦代的县名，那时还没有佛教书籍，怀疑是后人牵强附会的说法。虽然有唐代人的一块石碑，但已剥蚀断折不可辨别。庆历年中，施昌言镇守鄜延路，毁掉奉国寺建造仓库，发掘尸毗王墓，获得木炭一千多秤，他的内外棺都朽坏了，骸骨还保存完整，胫骨长两尺多，头颅骨大得像斗，还得到了玉环、玉玦七十多件，玉冲牙差不多有一尺长，这些东西都被当时的职事官们拿走。墓中金银一类的物品，就被工匠士兵收去。争抢珍宝时，尸毗王的骸骨大多被人拉碎扯烂，只装在一个小匣子中埋了。东上阁门使夏元象当兵马都监，亲自监管这次修造，对我谈得非常详细。现在天山仓的旁边，黄昏后独自行走的人，常常与鬼神相遇，当地人深为畏惧。

震雷书字

【原文】

世传湖湘间因震雷有鬼神书“谢仙火”三字于木柱上，其字入木如刻，倒书之。此说甚著。近岁秀州华亭县亦因雷震有字在天王寺屋柱上，亦倒书，云：“高洞杨雅一十六人火令章”，凡十一字。内“令章”两字特奇劲，似唐人书体。至今尚在，颇与“谢仙火”事同。所谓“火”者，疑若队伍若干人为“一火”耳。予在汉东时，清明日，雷震死二人于州守园中，胁上各有两字，如墨笔画，扶疏类柏叶，不知何字。

【译文】

人们传说：湖湘等地，因为打雷，有鬼神把“谢仙火”三个字刻写在木柱上，那字像刻入木中，是倒着书写的。这种说法很普遍。近年秀州华亭县也因为打雷有字刻在天王寺的屋柱上，也是倒着书写的，说：“高洞杨雅十六人火令章”，总共是十一个字。其中“令章”两个字写得特别奇异遒劲，像唐代人的字体。这些字到现在还保留着，与“谢仙火”的事很相同。所谓的“火”，怀疑是队伍中若干人为“一火”的意义。我在汉东时，清明节那天，在州守的园子里，雷电打死了两个人，他们的胁上各有两个字，像是油墨画，笔画松散像柏叶的样子，不知道是什么字。

柿木奇字

【原文】

木中有文，多是柿木。治平初，杭州南新县民家折柿木，中有“上天大国”四字，予亲见之，书法类颜真卿，极有笔力，“国”字中间“或”字仍起挑作尖口，全是颜笔，知其非伪者。其横画即是横理，斜画即是斜理。其木直剖，偶当“天”字中分，而“天”字不破，上下两画并一，脚皆横挺出半指许，如木中之节。以两木合之，如合契焉。

【译文】

木材中有文字，大多是柿木。治平初年，杭州南新县百姓家中砍伐柿树，木头中有“上天大国”四个字，我曾亲眼见过，字体类似颜真卿，很有笔力，“国”字中间的“或”字，笔画还是挑起成为尖口，全是颜体笔势，知道这并不是假的。文字横画就是木头横向的纹理，斜笔就是斜向的纹理。将木材直着剖开，从“天”字的中间分开，但“天”字没有拆开，上下两横画连同一捺，都横着突出半个多指头，就像木头中的节疤。把两片木头合起来，好像拼合的符契。

紫姑神

【原文】

旧俗：正月望夜迎厕神，谓之紫姑。亦不必正月，常时皆可召。予少时见小儿辈等闲则召之以为嬉笑。亲戚间曾有召之而不肯去者，两见有此，自后遂不敢召。景祐中，太常博士王纶家因迎紫姑，有神降其闺女，自称上帝后宫诸女，能文章，颇清丽，今谓之《女仙集》，行于世。其书有数体，甚有笔力，然皆非世间篆隶。其名有“藻笺篆”、“茁金篆”十余名，纶与先君有旧，予与其子弟游，亲见其笔迹。其家亦时见其形，但自腰以上见之，乃好女子，其下常为云气所拥。善鼓筝，音调凄婉，听者忘倦。尝谓其女曰：“能乘云与我游乎？”女子许之，乃自其庭中涌白云如蒸，女子践之，云不能载。神曰：“汝履下有秽土，可去履而登。”女子乃袜而登，如履缯絮，冉冉至屋复下。曰：“汝未可往，更期异日。”后女子嫁，其神乃不至。其家了无祸福。为之记传者甚详。此予目见者，粗志于此。近岁迎紫姑仙者极多，大率多能文章歌诗，有极工者，予屡见之。多自称“蓬莱谪仙”。医卜无所不能，棋与国手为敌。然其灵异显著，无如王纶家者。

【译文】

按照旧时的风俗：正月十五晚上迎厕神，称为紫姑。也不一定是正月，平常时候也可以召迎紫姑。我年轻时见小孩子们把召迎紫姑当成游戏。亲戚中曾有召来了而不肯离去的，见到过两次，从此以后就不敢召迎紫姑了。景祐年间，太常博士王纶家中因召迎紫姑，有神将女儿降下来，自称是上帝后宫中的侍女，能写文章，言辞清丽，现在有被称为《女仙集》的作品在世上发行。她的书法有多种体势，笔力很遒劲，但都不是普通的篆体、隶书，她的书法有“藻笺篆”、“茁金篆”等十多种名称。王纶与我的先父有老交情，我与王家子弟交游，曾亲眼见过那神女的笔迹。王家也时常见到她的形态，从腰以上看是一个美丽的女子，但腰部以下却常被云气所环绕，她善于弹奏鼓筝，乐调凄恻哀婉，听的人常忘记了疲倦。曾有人对她说：“能乘云同我游玩吗？”她答应了，就从庭院中涌出许多白云，神女踏上去，白云却载不动她。神说：“你的鞋下有秽土，可以去掉鞋子登上。”神女就穿着袜子登上白云，就像踏在棉絮上，缓缓升到屋顶又落下。说：“你不能去，改天再去。”后来神女出嫁，天神就不来。他们家也没有降什么祸福。替她写传记的人记叙很详细。这是我亲眼见到的，粗略记载在这里。近年，召迎紫姑仙的人很多，紫姑大多能写文章诗歌，有写得非常好的，我多次见过。她们大多自称是“蓬莱谪仙”。治病占卜没有不会的，棋艺能与国手相提并论。但她们显示的灵异不如王纶家的神女显著。

怪　疾

【原文】

世有奇疾者。吕缙叔以知制诰知颍州，忽得疾，但缩小，临终仅如小儿。古人不曾有此疾，终无人识。有松滋令姜愚无他疾，忽不识字，数年方稍稍复旧。又有一人家妾，视直物皆曲，弓弦界尺之类，视之皆如钩，医僧奉真亲见之。江南逆旅中一老妇，啖物不知饱，徐德占过逆旅，老妇诉以饥，其子耻之，对德占以蒸饼啖之，尽一竹篑，约百饼，犹称饥不已；日食饭一石米，随即痢之，饥复如故。京兆醴泉主簿蔡绳，予友人也，亦得饥疾，每饥立须啖物，稍迟则顿仆闷绝，怀中常置饼饵，虽对贵官，遇饥亦便齗啖。绳有美行，博学有文，为时闻人，终以此不幸。无人识其疾，每为之哀伤。

【译文】

世上有奇怪的疾病。吕夏卿以知制诰官职出知颍州，忽然患病，身体只是缩小，临终时仅仅像一个小孩子。古代人没有得过这种病，始终没有人能辨识。有一位松滋县令叫姜愚，原来没有其他疾病，忽然不识字，好几年后才渐渐恢复原状。又有一个人家的小妾，把直的物体都看成弯曲的，弓弦、界尺之类的东西，在她看来都像弯钩。僧人医生奉真亲眼见到过她。江南的旅舍中有一个老妇人，吃东西不知道饱。徐禧经过这家旅舍，老妇人向他诉说肚子饥饿，她儿子为她感到羞耻，当着徐禧面拿蒸饼给老妇人吃，吃光了一竹筐饼，大约有一百个，妇人还不停地说肚子饿。老妇人每天要吃一石米的饭，马上就拉掉了，饥饿还和之前一样。京兆府醴泉县主簿蔡绳是我的朋友，也得了饥饿病，每当饥饿必须立刻吃东西，稍微慢了一点就会昏倒气闷，怀里经常揣着饼，即使是面对达官贵人，到饥饿时也要吞嚼。蔡绳有高尚德行，学识广博，有文才，是当时的名人，最终因此而不幸。没有人知道这种病，经常替他感到哀伤。

海市

【原文】

登州海中时有云气如宫室、台观、城堞、人物、车马、冠盖，历历可见，谓之“海市”。或曰：“蛟蜃之气所为。”疑不然也。欧阳文忠曾出使河朔，过高唐县驿舍，中夜有鬼神自空中过，车马人畜之声，一一可辨，其说甚详，此不具纪。问本处父老云：“二十年前尝昼过县，亦历历见人物。”土人亦谓之海市，与登州所见大略相类也。

【译文】

登州海面上经常有云气，形状像宫室、台观、城堞、人物、车马、冠盖之类的东西，一一可以看清楚，这叫“海市”。有人说：“这是蛟蜃吐气所造成的。”我疑心不是这样。欧阳修曾出使到黄河以北一带地区，路过高唐县，住在旅舍中，晚上听见有鬼神从空中经过，有车马人畜的声音，一一可以分辨出来，他说得非常详细，这里不再具体叙述。我询问过当地的老人，说：“二十年前曾白天经过高唐县，也都清清楚楚地看见人和物。”当地人也叫“海市”，与在登州见到的情形大致相似。

异兽

【原文】

至和中，交趾献麟，如牛而大，通身皆大鳞，首有一角。考之记传，与麟不类，当时有谓之山犀者。然犀不言有鳞，莫知其的。回诏：“欲谓之麟，则虑夷獠见欺；不谓之麟，则未有以质之。止谓之异兽。”最为慎重有体，今以予观之，殆“天禄”也。按《汉书》：

"灵帝中平三年，铸天禄、虾蟆于平(津)门外。"注云："天禄，兽名。今邓州南阳县北《宗资碑》旁两兽，镌其膊，一曰'天禄'，一曰'辟邪'。"元丰中，予过邓境，闻此石兽尚在，使人墨其所刻"天禄""辟邪"字观之，似篆似隶，其兽有角鬣，大鳞如手掌。南丰曾阜为南阳令，题《宗资碑》阴云："二兽膊之所刻独在，制作精巧，高七八尺，尾鬣皆鳞甲，莫知何象而名此也。"今详其形，甚类交趾所献异兽，知其必"天禄"也。

【译文】

至和年间，交趾国进贡麟，外形像牛但比牛更高大，浑身长满鳞甲，头上有一只角。考察文献记载，与麟不相同，当时有说是山犀的，但山犀没有鳞，不知道它的确切称呼。回复的诏书想要把它称为麟，又恐怕蛮夷人欺骗；若不称为麟，却又没有确切的名称，只称它为"异兽"，最为慎重得体。现在据我观察，这异兽大概是"天禄"。考察《汉书》："灵帝中平三年，铸造了天禄、虾蟆，在平门外安放。"注释说："天禄，野兽的名称。现在邓州南阳县北境宗资碑旁边立有两只石兽，在胳膊上刻有文字，一只刻作'天禄'，一只刻作'辟邪'。"元丰年间，我经过邓州境内，听说这两只石兽还在，派人用墨将所刻的"天禄""辟邪"字拓印下来，观察字体，既像篆书又像隶书。这两只石兽有角与鬃毛，鳞甲大如手掌。南丰人曾阜任南阳县令，在《宗资碑》背面题词说："只有两只石兽胳膊上所刻的字还在，制作精细工巧，石兽有七八尺高，尾巴颈子都是鳞甲，不知取自何种形象而叫这一名称。"如今仔细观察它的形状，与交趾国进献的异兽很相像，由此知道异兽一定是"天禄"。

舒屈剑

【原文】

钱塘有闻人绍者，常宝一剑。以十大钉陷柱中，挥剑一削，十钉皆截，隐如秤衡，而剑锋无纤迹。用力屈之如钩，纵之铿然有声，复直如弦。关中种谔亦畜一剑，可以屈置盒中，纵之复直。张景阳《七命》论剑曰："若其灵宝，则舒屈无方。"盖自古有此一类，非常铁能为也。

【译文】

钱塘有一个人叫闻人绍，一直珍藏着一把剑。他让人在木桩上钉上十枚大钉，挥剑一削，十枚钉子都断了，而留在柱子上的钉子却如秤星一样平整，而剑刃上一丝痕迹也没有。用力将剑弯曲像钩时，一放手则铿然有声，又恢复到原来一般直。关中种谔也藏有一把剑，可以弯曲着放置在盒子里，取出来放开又恢复到原来一般直。张景阳在《七命》中论剑说："如果剑像灵宝那样，那么伸展、弯曲就不受限制了。"大约从古以来就有这种剑，它们都不是用平常之铁打造而成的。

旋　风

【原文】

熙宁九年，恩州武城县有旋风自东南来，望之插天如羊角，大木尽拔。俄顷，旋风卷入云霄中。既而渐近，乃经县城，官舍民居略尽，悉卷入云中。县令儿女奴婢卷去复坠地，死伤者数人；民间死伤亡失者不可胜计。县城悉为丘墟，遂移今县。

【译文】

熙宁九年，恩州武城县自东南方向卷来旋风，看去好像一支插入天空的羊角，所到之处大树全都被连根拔起。顷刻间，旋风卷入云霄，而后渐渐地接近地面。经过县城，官家和百姓的房屋一扫而空，全部被卷入云中。县官的儿女和奴婢被风卷去又从空中摔到地上，死伤者几个人。民间死伤、丢失的人也不计其数。县城完全变成一堆废墟，于是县城被移到现在的地方。

冰　花

【原文】

宋次道《春明退朝录》言："天圣中，青州盛冬浓霜，屋瓦皆成百花之状。"此事五代时已尝有之，予亦自两见如此。庆历中，京师集禧观渠中冰纹皆成花果林木。元丰末，予到秀州，人家屋瓦上冰亦成花，每瓦一枝，正如画家所为折枝，有大花似牡丹、芍药者，细花如海棠、萱草辈者，皆有枝叶，无毫发不具，气象生动，虽巧笔不能为之，以纸拓之，无异石刻。

【译文】

宋次道在《春明退朝录》中说："天圣年间，青州严冬出现很大的霜，屋上的瓦都呈百花的形状。"在五代时就已经发生过这样的事情，我也曾亲眼见过两次。庆历年间，京师集禧观渠沟中的冰的花纹都结成果树木的形状。元丰末年，我来到秀州，看见别人家的屋瓦上也结成冰花，每片瓦上一枝，如同画家笔下的折枝，有的大如牡丹花、芍药花，细的如海棠、萱草之类，都有枝干、树叶，与真的丝毫不差，气象生动，即使是能工巧笔也不能画得这样生动逼真，用纸将它拓印下来，与石刻没有差异。

丁谓上奏

【原文】

丁晋公之逐，士大夫远嫌，莫敢与之通声问。一日，忽有一书与执政，执政得之不敢发，立具上闻。洎发之，乃表也，深自叙致，词颇哀切，其间两句曰："虽迁陵之罪大，念立主之功多。"遂有北还之命。谓多智变，以流人无因达章奏，遂托为执政书，度以上闻，因蒙宽宥。

【译文】

丁晋公受到贬逐之后，士大夫们都远离他避嫌，没有敢与他通音信的人。有一天，他突然把一封信交给执政官，执政官接到信后不敢打开，马上将信上报。皇上打开信，原来是一封上奏的表，奏表情义深厚，言辞很哀切，其中有二句说："虽迁陵之罪大，念立主之功多。"于是就有北还的诏命。丁谓智谋很多且狡诈，因为遭流放的人不能上奏章给朝廷，就假托给执政官书信，估计他会上奏朝廷，因此罪过得到了宽免。

反　坫

【原文】

尝有人自负才名，后为进士状首，扬历贵近，曾谪官知海州，有笔工善画水，召使画便厅掩障，自为之记，自书于壁间。后人以其时名，至今严护之。其间叙画水之因，曰："设于厅事，以代反坫。"人莫不怪之。予窃意其心，以谓"邦君屏塞门，管氏亦屏塞门，邦君为两君之好有反坫，管氏亦有反坫"。其文相属，故谬以"屏"为"反坫"耳。

【译文】

曾经有人以才名自负，后得进士第一，名声在达官贵人之间传扬。会谪官知任海州，有一位画工擅长于画水，叫画工画客厅屏障，并自己为之作记，亲自写在壁上。后来的人因为他当时的名气，到现在仍保护得很好。在记中说出了画水的原由："设于厅事，以代反坫。"没有人不感到奇怪。我私下猜测他的心意，是认为"邦君屏塞门，管氏亦屏塞门，邦君为两君之好有反坫，管氏亦有反坫"。这些文字前后相属，所以错把"屏"当作"反坫"了。

丁谓赐玉带

【原文】

丁晋公从车驾巡幸礼成，有诏赐辅臣玉带。时辅臣八人，行在祗候库止有七带；尚衣有带，谓之“比玉”，价值数百万，上欲以赐辅臣，以足其数。晋公心欲之，而位在七人之下，度必不及己，乃谕有司不须发尚衣带，自有小私带，且可服之以谢，候还京别赐可也。有司具以此闻。既各受赐，而晋公一带，仅如指阔。上顾谓近侍曰：“丁谓带与同列大殊，速求一带易之。”有司奏“唯有尚衣御带”。遂以赐之。其带熙宁中复归内府。

【译文】

丁谓跟从皇上巡视，大礼结束，有诏将玉带赐给宰辅大臣。当时宰辅大臣共有八人，行宫库房中玉带只有七条。尚衣局存有玉带，称为“比玉”，价值几百万，皇上想用来赐给宰辅大臣，以此来弥补数量的不足。丁谓很想得到这条玉带，但是官位在七人之下，估计肯定轮不到自己。于是告诉官吏说，不必发给尚衣局玉带，自己私人有小腰带，暂且拴上它来行辞谢礼也可以，等回到京城另外再赏赐。有关官署具实奏报。各位大臣接受了赏赐，而丁谓的腰带仅仅像指头一样宽。皇上回头告诉侍卫官说：“丁谓的腰带与同列官员差别太大，迅速取一条来与他更换。”官吏奏报说玉带只有尚衣局还有，于是把玉带赐给了他。这条玉带在熙宁年间又归还到宫廷库中。

黄宗旦奏事

【原文】

黄宗旦晚年病目，每奏事，先具奏目成诵于口，至上前，展奏目诵之，其实不见也。同列害之，密以他书易其奏目，宗旦不知也，至上前，所诵与奏目不同，归乃觉之，遂乞致仕。

【译文】

黄宗旦晚年得眼病，每次上朝奏对，他先把奏折的内容背诵下来记在心中，到皇上面前，展开奏折，看着奏折读出来，其实并看不见折奏上的字。同僚中有人害他，偷偷地把其他的书奏换上了他的奏折，宗旦不知道，到皇上面前，他口中所讲的内容与奏折写的内容不同，等到回家后才发觉，于是便请求辞官回家。

包拯执法

【原文】

包孝肃尹京，号为明察。有编民犯法当杖脊，吏受赇，与之约曰："今见尹，必付我责状，汝第呼号自辩，我与汝分此罪，汝决杖，我亦决杖。"既而包引囚问毕，果付吏责状，囚如吏言，分辩不已。吏大声诃之曰："但受脊杖出去，何用多言！"包谓其市权，捽吏于庭，杖之七十，特宽囚罪，止从杖坐，以抑吏势。不知乃为所卖，卒如素约。小人为奸，固难防也。孝肃天性峭严，未尝有笑容，人谓"包希仁笑比黄河清"。

【译文】

包拯任职为开封府尹，号称明察。有一在编百姓犯法，刑罚应当处以杖背，官吏接受了编民的贿赂，与他约定说："现在你见府尹，府尹必定把核实罪状之事交由我来做。到时候你只管大声呼叫辩解，我与你分担罪过。你被判杖刑，我也判杖刑。"不久，包拯传囚犯审讯完毕，果然交由吏人来核实罪状，囚犯按吏人吩咐，不停地为自己分辩，官吏大声喝叱他道："只管受杖背之刑出去，何必说这么多！"包拯认为他滥用权势，将

包 拯

吏人揪到大堂上，处杖刑七十，特地放宽对囚犯的惩罚，仅仅判处杖刑，以此来抑制吏人的威势。殊不知包拯却被吏人欺骗了，最终如他们原先约定的那样。小人行奸诈，防备起来本来就很难。包拯天生性格刚直严厉，脸上不曾有笑容，当时人说："包希仁笑比黄河清还难得。"

进贡浙茶

【原文】

李溥为江淮发运使，每岁奏计，则以大船载东南美货，结纳当途，莫知纪极。章献太后垂帘时，溥因奏事，盛称浙茶之美，云："自来进御，唯建州饼茶，而浙茶未尝修贡，本司以羡余钱买到数千斤，乞进入内。"自国门挽船而入，称"进奉茶纲"，有司不敢问。所贡余者，悉入私室。溥晚年以贿败，窜谪海州。然自此遂为发运司岁例，每发运使入奏，舳舻蔽川，自泗州七日至京。予出使淮南时，见有重载入汴者，求得其籍，言两浙笺纸三暖船，他物称是。

【译文】

李溥担任江淮发运使，每年到京城奏报，就用大船运载东南地域的珍美物品，用以结交朝廷要员，不知道其数量。章献太后垂帘听政时，李溥趁奏事之机，大力称赞浙茶的珍美，说道："自来进献宫廷的只有建州饼茶，而从未进贡过浙江茶。本官署用盈余的钱买到浙茶几千斤，请求进献宫中。"从京城城门驾船而入，称为"进奉茶纲"，官署不敢过问。贡奉剩余的物品，全部进了私人的家中。李溥晚年因贪污败露，贬官流放到海州。然而，从此以后就成了发运司每年的惯例，每当发运使入朝进奏，船舶首尾相连，遮蔽江河，从泗州引船七天到达京城。我出使淮南时，曾见到载重船舶进入汴河，查看他们的货单，说是有三船是两浙进贡的笺纸，其他货物的数量也和这差不多。

李淑雅言

【原文】

李献臣好为雅言，曾知郑州，时孙次公为陕漕，罢赴阙，先遣一使臣入京，所遣乃献臣故吏，到郑庭参，献臣甚喜，欲令左右延饭，乃问之曰："餐来未？"使臣误意餐者谓次公也，遽对曰："离长安日，都运待制已治装。"献臣曰："不问孙待制，官人餐来未？"其人惭沮而言曰："不敢仰昧，为三司军将日，曾吃却十三。"盖鄙语谓"遭杖"为"餐"。献臣掩口曰："官人误也。问曾与未曾餐饭，欲奉留一食耳。"

【译文】

李淑说话喜欢文雅，曾经任职于郑州，当时孙长卿为陕西转运使，被罢官后进京，未动身之前先派遣一位使臣进京，所派的使臣正好是李淑原来的部属，途经郑州时到李淑官衙参见他。李淑很高兴，打算吩咐下人准备饭食，于是问他说："吃饭了没有？"使臣误以为"餐"是指孙长卿，急忙回答说："我离开长安的时候，都转运使、待制大人已整理行装了。"李淑说："不是问孙待制，官人吃饭了没有？"这人羞惭沮丧地说："不敢隐瞒，在作三司军将的时候，曾经吃过十三杖。"当时俗语称受杖刑为"餐"。李淑掩口笑道："官人误听了，我是问你曾否吃饭，想留你吃一顿饭罢了。"

冷热官

【原文】

旧日官为中允者极少，唯老于幕官者，累资方至，故为之者多潦倒之人。近岁州县官进用者多除中允，遂有"冷中允"、"热中允"。又集贤殿修撰，旧多以馆阁久次者为之，近岁有自常官超授要任，未至从官者，多除修撰，亦有“冷撰”、“热撰”。时人谓“热中允不博冷修撰”。

【译文】

在从前的官员中，有很少可以担任中允的，只有长期任幕僚的官员，积累资历才能任此职，因此担任中允的人大多是失意的人。近年来在提拔任用州县官员时，大多数任命为中允，于是有“冷中允”、“热中允”之分。另外，集贤殿修撰一职，从前大多让长期在馆阁中供职的人担任，近年来有从一般官员越级委任要职，又没有做到侍从官的人，大多任命修撰。也有“冷修撰”、“热修撰”。当时的人说：“热中允比不上冷修撰。”

诗 示 人 生

【原文】

张唐卿景祐年进士第一人及第，期集于兴国寺，题壁云：“一举首登龙虎榜，十年身到凤凰池。”有人续其下云：“君看姚晔并梁固，不得朝官未可知。”后果终于京官。盖姚晔大中祥符元年、梁固二年皆状元，而终于京官。

【译文】

张唐卿于景祐元年考中进士第一名，在兴国寺聚会，他在墙上题诗道：“一举首登龙虎榜，十年身到凤凰池。”有人又在这两句的后面续写了两句：“君看姚晔并梁固，不得朝官未可知。”后来他果然只做到京师官。原来姚晔在大中祥符元年，梁固在大中祥符二年都考中状元，却都只做到京官。

老卒快活

【原文】

梅询为翰林学士，一日书诏颇多，属思甚苦，操觚循阶而行。忽见一老卒卧于日中，欠伸甚适，梅忽叹曰："畅哉。"徐问之曰："汝识字乎？"曰："不识字。"梅曰："更快活也。"

【译文】

梅询担任翰林院学士，有一天有许多需要草拟的诏书，构思起来十分辛苦，拿着纸笔沿台阶行走。突然看见一名老兵躺着晒太阳，伸展着身子十分舒适，梅询顿时感叹说："真舒畅啊！"慢慢地问老兵说："你认识字吗？"老兵回答："不认识。"梅询说道："更快活了。"

曹公右军

【原文】

吴人多谓梅子为"曹公"，以其尝望梅止渴也；又谓鹅为"右军"，以其好养鹅也。有一士人遗人醋梅与焊鹅，作书云："醋浸曹公一瓮，汤焊右军两只，聊备一馔。"

【译文】

吴地的人多用"曹公"称呼梅子，因为曹操曾经望梅止渴；另外将"鹅"称为"右军"。因为王羲之非常喜欢鹅。有一位士人送酸梅和炖鹅给人，写信道："醋浸曹公一瓮，汤焊右军两只，聊备一馔。"

延州五城

【原文】

延州今有五城。说者以谓旧有东西二城，夹河对立；高万兴典郡，始展南北东三关城。予因读杜甫诗云：“五城何迢迢，迢迢隔河水。延州秦北户，关防犹可倚。”乃知天宝中已有五城矣。

【译文】

延州现在有五座城。说的人认为原有两座城分列东西，隔河相对。高万兴主持延州时，开始扩展南北东三关城。我因读了杜甫“五城何迢迢，迢迢隔河水。延州秦北户，关防犹可倚”的诗句，才知天宝年间延州就已经有五座城了。

石油

【原文】

鄜延境内有石油，旧说高奴县出“脂水”，即此也。生于水际，沙石与泉水相杂，惘惘出。土人以雉尾挹之，乃采入缶中，颇似淳漆，燃之如麻，但烟甚浓，所沾幄幕皆黑。予疑其烟可用，试扫其煤以为墨，黑光如漆，松墨不及也，遂大为之。其识文为“延川石液”者是也。此物后必大行于世，自予始为之。盖石油至多，生于地中无穷，不若松木有时而竭。今齐、鲁间松林尽矣，渐至太行、京西、江南，松山大半皆童矣。造煤人盖未知石烟之利也。石炭烟亦大，墨人衣。予戏为《延州诗》云：“二郎山下雪纷纷，旋卓穹庐学塞人。化尽素衣冬未老，石烟多似洛阳尘。”

【译文】

鄜州、延州一带有石油，这种东西即过去所说的“高奴县出脂水”。石油出产在水边，慢慢溢出沙石与泉水相杂的地方，当地人用野鸡尾部的羽毛把油沾上来，收集在瓦罐里。这种油看上去挺像淳漆，燃烧起来像麻杆，但冒出来的烟很浓，把帐篷都熏黑了。我猜想这种烟可以利用，就试着扫了一些烟灰来做墨，结果写出来的字又黑又亮，像漆一般，松墨远远不及它。于是，就广泛地生产，并给它定名叫“延州石液”。这种东西以后一定会在社会上广泛流传，自我开始制作使用它。石油非常多，地下的蕴藏无穷无尽，不像松木会有用完的时候。现在齐、鲁一带的松木已经砍光，慢慢地连太行山区、京西、江南一带的松山也大部分砍伐得成为秃山了。造墨的人必定不知道用石油烟的好处。煤的烟也大，把人们的衣服都熏黑了。我戏作了一首诗说：“二郎山下雪纷纷，旋卓穹庐学塞人。化尽素衣冬未老，石烟多似洛阳尘。”